AF290511

Bibliografische Information der Deutschen Nationalbibliothek: Die Deutsche Nationalbibliothek verzeichnet diese Publikation in der Deutschen Nationalbibliografie; detaillierte bibliografische Daten sind im Internet über dnb.dnb.de abrufbar.

Verlag: BoD · Books on Demand GmbH, In de Tarpen 42, 22848 Norderstedt, bod@bod.de

Druck: Libri Plureos GmbH, Friedensallee 273, 22763 Hamburg

ISBN: 978-3-8482-4161-3

AMELAND
Silvester 1979

Kleine Beschreibung
eines Zeitabschnitts

von

Joe Schmeing

Prolog

Unterschiedliche, nicht beeinflussbare Dinge, Verläufe und Gegebenheiten führten uns zum Ende der Neunzehnhundertsiebziger zusammen. Das persönliche, charakteristische Naturell, das jedem von uns innewohnte, ließ eher vermuten, dass wir vier nie hätten Freunde werden können.

Meine Mutter sonderte zu uns gerne Sprüche ab wie: „Freunde kommen und gehen, Familie bleibt!" oder „Blut ist dicker als Tinte!" Was nichts anderes als ein Ausdruck von Hilflosigkeit gegenüber Freundschaft war, einer ihr grundsätzlich nicht zugänglichen Form menschlichen Zusammenhalts.

Wir waren keine verschworene Gemeinschaft, wie man wohl denken könnte, sondern vier junge Menschen mit zueinander unterschiedlich starken Verbindungen ohne Ewigkeitsanspruch. Zwanzig, zweiundzwanzig, so um den Dreh waren wir; ein Alter in dem man glaubt, dass einem die Welt offen stünde, dass man sie erobern oder gar beherrschen könne. Ein Alter in dem man sich einfach jede Frage stellt, die man sich so stellen kann, um anschließend darüber in wilden, nächtelangen Diskussionen mit Unmengen billigen Rotweins zu glauben, eine dieser vielen ewigen Wahrheiten zu besitzen, von denen man ebenfalls glaubt, dass es sie gäbe. Ein Alter um viel Unvernünftiges zu veranstalten, eine wichtige Zeit.

Johnny

Eigentlich hieß er van Duin, Japi van Duin. Wegen seiner unglaublich hellen, dünnen und ziemlich langen Haare nannten ihn alle nur Johnny. Hergeleitet von Johnny Winter, dem Namen eines amerikanischen Bluesgitarristen, dem er aus bestimmten Blickwinkeln wie ein Zwillingsbruder glich.

Johnny wohnte in der oberen Hälfte eines schnuckeligen, kleinen Hauses in den Niederlanden, genauer in Losser, knapp anderthalb Kilometer hinter der Grenze. Es handelte sich dabei um ein für Holland typisches Giebeldachhaus mit Mansardenwohnung.

Das Haus war der Länge nach geteilt und die obere rechte Hälfte hatte er vor kurzem sehr preiswert von Henk, einem alten, recht verschrobenen Mann gekauft. Die linke Hausseite wurde von einer normalen und unscheinbaren Familie bewohnt, komplett.

Auf Johnnys Seite gehörte das Erdgeschoss eben jenem Henk, der ihm die Dachwohnung verkauft hatte und der nun unter ihm mehr oder weniger hauste.

Im Gegensatz zu den meisten Nachbarn kam Johnny richtig gut mit dem Kauz klar; erledigte Einkäufe für ihn, sowie Boten- und Amtsgänge. An der Außenmauer in luftiger Höhe vor Johnnys Wohnung hing zur Straße hin eine große, alte Bahnhofsuhr, die nicht mehr funktionierte. Im Gegensatz zu den analogen Uhren in den Werbeanzeigen, deren Zeiger immer auf Zehn vor Zwei oder auf Zehn nach Zehn standen, war diese bei Zweiundzwanzig nach Acht stehen geblieben. Auffällig war sie allemal.

Über Ulf, einem Freund und ehemaligen Schulkameraden hatte ich ihn kennengelernt. Johnny war bis in die Haarspitzen voll mit Energie und körperlich angespannt wie eine extrem harte Metallfeder; zugleich geschmeidig wie zehn Katzen, konnte er aus dem Stand wohl anderthalb Meter in die Luft springen. Wenn man selber nicht über solch körperliche Attribute verfügte, fühlte man sich in seiner Gegenwart sehr sicher, zumindest wenn man ihn als Freund hatte.

In Discos konnte er zwei Stunden pausenlos, wie ein Berserker tanzähnliche Sprünge und wilde Bewegungen durchführen, ohne den Eindruck geringsten Energieverlustes zu erwecken. Folglich war ´Jump´ von Van Halen auch sein absoluter Lieblingssong.

Wenn der Song mal lief, dann raste und hüpfte er über die Tanzfläche, schwitzte nach kurzer Zeit wie ein Tier, schnellte nach zwei, drei Minuten zurück an den Tisch an dem er saß, griff sich mit einer Affengeschwindigkeit seine Wasserflasche, tanzte mit ihr am Mund einmal quer durch den Laden, um nach dessen Durchrundung die leere Flasche wieder auf den Tisch zurück zu stellen. Er brauchte nur Wasser!

Ulf

Ulf kannte ich schon seit meinem zehnten Lebensjahr von einer weiterführenden Schule, einer Klosterschule mit Internen und Externen. Ich war dort Insasse, also ein Interner und Ulf war einer der wenigen Externen. Es handelte sich bei dieser Anstalt um ein Franziskanerkloster. Katholisch bis auf die Grundmauern und zugleich der Grund dafür, dass Ulf als einzig evangelisch Getaufter ständig von irgendwelchen Idioten verprügelt wurde. Zumindest versuchsweise.

Jahrelang hatte es keinen Kontakt gegeben, dann, durch einen Zufall, der durch einen anderen Zufall bedingt war, gab es ein Wiedersehen, ein Wiedererkennen, ein Wiederverstehen. Er lebte, wie Johnny, nahe der Grenze, allerdings auf der deutschen Seite.

Nachdem ich damals, nach nicht einmal zwei Jahren, von besagter Schule wegen Leistungsverweigerung geflogen war, trennten sich unsere Wege. Er machte noch seinen mittleren Abschluss, um danach eine Ausbildung zum Kunstglaser zu durchlaufen. Davon auf Dauer angeödet, entschloss er sich die Laufbahn eines Künstlers einzuschlagen. Maler, Dichter und Liedermacher. Gitarre spielen konnte er eh und seine Fähigkeiten mit der deutschen Sprache umzugehen waren, neben dem malerischen Können, ebenfalls richtig gut.

Er bewohnte ein kleines Heuerhaus inmitten von Wiesen und Feldern. Es lag ziemlich genau auf halbem Weg von Gronau nach Bad Bentheim; jahrelang hatte es leer gestanden. Wenn man in Bentheim war und dort von der Burgzinne hinuntersah, lag es mehr oder weniger in der Tiefebene. Allerdings so weit weg, dass man es selbst bei bestem Wetter kaum erkennen konnte, es war mehr ein Vermuten.

Erreichen konnte man das Häuschen nur von der Verbindungsstraße zwischen Gronau und Bad Bentheim. Mitten im Nirgendwo führte, dort abzweigend, ein Feldweg in Richtung Heuerhaus. Der endete allerdings nach ca. 400 Metern auf einer kleinen, runden Lichtung in einem Wäldchen. Dort musste man dann sein Auto stehen lassen, um den Rest des Weges, circa 200 Meter, an einem Ackerrand entlang, gesäumt von einem Weidezaun, zu Fuß zurückzulegen. Das ging nicht anders, da der Bauer, dem das alles gehörte, den ehemals befahrbaren Weg vom Wald bis zum Haus in Ackerfläche verwandelt hatte. Fälschlicherweise hielten viele diesen Zustand für romantisch, doch in Wahrheit war es hochgradig nervig, jedes nur erdenkliche Teil vom Wald bis zum Haus schleppen zu müssen oder umgekehrt.

Die eine Hälfte des Hauses war Wohnraum, die andere Hälfte bestand aus den ehemaligen Stallungen, in denen früher die Kötter ein wenig Vieh für die Selbstversorgung hielten. Meist eine Kuh, zwei, manchmal drei Schweine. Die Hühner hatten einen eigenen Holzverschlag. Zusammengebrochene Reste davon standen noch etwas abseits an der Rückseite des Hauses.

Immerhin gab es fließendes Wasser in

Küche und Bad - allerdings kalt. Im Badezimmer, diesem feuchten, kargen und schlecht gekachelten Raum stand ein großer, anderthalb Meter hoher Heißwasserboiler, dem mit Holz eingeheizt werden musste, wenn man ein Bad nehmen wollte; so wie auch alle anderen Räume des Hauses ausschließlich mit Kanonenöfen erwärmt wurden.

Zentrum des Hauses, wie in älteren Bauernhäusern üblich, war die Küche mit der sogenannten Kochmaschine, diesem emaillierten Herd mit schweren gusseisernen Platten, einem Backofen und dem unvermeidlichen Rundumlauf, der den Eindruck eines Handlaufs machte aber nur zur Trocknung von Tüchern und Wäsche gedacht war, außerdem zum Aufhängen der Schürwerkzeuge, wie Haken, Besen und der Aschenschüppe diente.

Es gab noch zwei Schlafzimmer und ein Wohnzimmer. Alles ziemlich klein geraten. Aber zu dieser Zeit und in dem Alter war man ja recht anspruchslos.

Ulf lebte dort in einer Art Wohngemeinschaft mit einem Typen namens Jens, den ich vorher nur vom Sehen aus der Stadt kannte. Hier im Haus tauchte er meist spät abends auf, um zu Übernachten. Morgens war er in aller Regel ziemlich früh wieder weg. Das Ganze diente ausschließlich der Kostenteilung, denn viel zu sagen hatten sich die beiden nicht.

Umgeben war das Kleinstgehöft von nicht bewirtschafteten Wiesen, was zur Folge hatte, dass das Häuschen im frühen Sommer wie eine Insel in einem Meer von gelbem Löwenzahn lag, um nach dessen Blüte in einem Ozean von Pusteblumen zu versinken. Bei entsprechendem Wind gab es geradezu spektakuläre Bilder von Wolken mit kleinen, fliegenden Schirmchen zu bestaunen. Glück musste man aber schon haben, denn die Flugphase dauerte maximal eine Woche; Wind und Trockenheit vorausgesetzt.

Pille

Petra-Hildegard hieß sie richtig aber bei diesem Vornamen war der Ruf- und Spitzname Pille kaum zu verhindern. Es störte sie auch nicht. Sie stammte aus Bentheim und studierte irgendwas in Bochum, Lehramt oder so. Alles war ihr wichtig! Nicht nur intellektuell, sondern auch emotional. Was ihr oft zum Nachteil gereichte, da sie von den kleinsten Kleinigkeiten so dermaßen mitgenommen wurde, dass sie kein Leben im herkömmlichen Sinne führen konnte; eigentlich schade.

Bis vor einem Jahr war Pille mit einem ausgemachten Arschloch und Porschefahrer namens Jürgen zusammen gewesen. Die Automarke ist in diesem Zusammenhang nur deswegen interessant, weil sie nach ihrer Trennung von besagtem Vollpfosten hier und da schon mal mit ihrem Hausschlüssel Liniengrafittis im Lack besagter Fahrzeuge hinterließ, die zufällig irgendwo am Straßenrand geparkt waren. Gerne nach Partys, gerne nachts, gerne auf dem Nachhauseweg, gerne dabei fröhlich singend. Sehr emotional eben.

Voran kam sie mit ihrem Studium zu dieser Zeit nicht. Es war auch nicht klar, wann sie genau studierte, denn sie hatte zusammen mit ihrer Freundin Ele eine Wohnung in Gronau, in der sie ständig anzutreffen war.

Ele - klein, etwas drall, umwerfend schön und jedem das Gefühl gebend: Du bist es! Das exakte Gegenteil von Pille – vielleicht der Grund dafür, weshalb sie so dicke miteinander waren. Eine Melange aus Calvinismus und barocker Lebenslust.

Wenn seitens Pille überhaupt mal von der Uni Bochum die Rede war, ging es meist darum, wie viele Studenten sich dort umbrachten. Ihr komplett geistiges und gefühlsmäßiges Dasein umrundeten ständig und immer wieder Schuld, Angst und karges Leben. Sechs Tage die Woche morgens und abends drei Finncrisp mit etwas Margarine bestrichen und dünn mit Billigkäse belegt, mittags nichts - kein Problem für sie. Die beiden gestalteten allerdings, so oft es ihre knappen Geldverhältnisse hergaben, viele Abende zusammen. Immer der finanziell vorherrschenden Lage entsprechend, entweder mit Billigwein und Flips in den eigenen vier Wänden - oder ab und an in der Disco.

Der einzige Tanzschuppen, der für sie vor Ort in Betracht kam war die Disko „Bunter Vogel", die man getrost zu den alternativen Läden zählen konnte. Oft konnten sie sich nur den Eintritt leisten und mussten halt warten, bis ihnen jemand ein Getränk ausgab. Für Ele bedeutete das, Tribute einsetzen und kassieren, für Pille schlicht erniedrigendes Aushaltenlassen.

Johnny und Ulf waren ebenfalls sehr oft in besagtem Bunten Vogel, letztendlich auch der Grund dafür, dass sich Ulf und Pille irgendwann näherkamen und seit nunmehr acht Monaten ein Paar bildeten. Wodurch sich mit Pille, nach vielen Gesprächen und Diskussionen, unser Bund auf vier Menschen erweiterte und dabei gleichzeitig um ein Vielfaches vergrößerte. Was daran lag, dass wir das Paradoxon vertraten, dass neben der Liebe die Freundschaft zu den einzigen zwei Dingen im Universum gehört, die sich immer dann vermehrt, sobald man sie teilt.

Um aber auf dem Boden der Realität zu bleiben, musste man schon feststellen, dass sie und Ele aus finanziellen Gründen noch nicht mal einen Fernsprechanschluss besaßen. Immer dann, wenn sie etwas mitteilen wollten, mussten sie bei Wind und Wetter nach draußen gehen, um dort zwei Straßen weiter in einer dieser nach Pisse und kaltem Zigarettenqualm stinkenden gelben Zellen mit zerfledderten Telefonbüchern telefonieren zu können.

Bernd

Das bin ich; Westfale, von Beruf Koch. Habe damals direkt an der Grenze gewohnt; der Gartenzaun am Ende unserer Terrasse war auch zugleich die Staatsgrenze zum Königreich der Niederlande, wie es offiziell heißt, also Holland! Damit befand ich mich wohnmäßig und landkartentechnisch ziemlich in der Mitte der Protagonisten.

Ich fuhr einen 1300er VW Käfer, der seit einem Kolbenfresser einen 1200er Motor verbaut hatte, was ihn dazu befähigte einen Verbrauch von unter acht Litern auf 100 Kilometer hinzulegen. Bei den paar Kröten, die ich als Koch verdiente, von immenser Wichtigkeit. Leisten hätte ich mir den Wagen eigentlich nicht können aber mein Bruder hatte ihn mir in einem Akt von Gnade für Umme überlassen.

Als Koch mit klassischer Ausbildung zur sowohl bürgerlichen, wie auch französischen Küche interessierte mich zu dieser Zeit immer mehr die Qualität der Nahrungsmittel.

Eier zum Beispiel schmeckten oft und deutlich nach billigem Fischmehl, während ihre strukturelle Qualität dermaßen schlecht war, dass sich aus deren Eiweiß unmöglich ein fester Schaum, zum Beispiel für ein Baisse, schlagen ließ. Eine einzige Katastrophe. Im Zuge dieses Interesses stieß ich unweigerlich auf das Thema Ökolandbau.

Es schien aber im Lande nicht nur mir so zu gehen, denn es ging in unserer Altersklasse ein Rumoren um, ein Unzufriedensein mit dem ständigen Mehr, Mehr, Mehr, dem Umgang mit der Natur und den Tieren. Besonders denen, die wir aßen. Das alles, gepaart mit Ängsten vor Umweltverschmutzung, Atomkraft und dem ständig drohenden Konflikt zwischen Ost und West. Letztendlich führte dieser Unmut zur Gründung der Partei Die Grünen.

Mich persönlich brachte dieses Interesse an zum Teil abstruse Orte, wie zum Beispiel die Landkommune „Tabernakel". Dieser „Ort des Heiligsten" lag mitten im

Nirgendwo des Münsterlandes zwischen Beerlage, Esking und Aulendorf; er bestand aus einem sehr alten und sehr großen Hofgebäude eines ehemaligen Bauernguts und war von den Kommunarden dergestalt umgebaut worden, dass sie in der Mitte der ehemaligen Großküche des Hauses einen quadratischen Klotz mit einer Seitenlänge von anderthalb Metern und ebengleicher Höhe aus Naturstein gemauert hatten. Darauf brannte ein Lagerfeuer. Darüber war ein blecherner Rauchfang angebracht, der mit einem Abzugskanal durch die zwei darüber liegenden Stockwerke gebrochen und bis aufs Dach verlegt war. Denn die Meinung der Hausbewohner bestand darin, dass auch die Benutzung der alten Holzöfen oder Herde einfach zu bürgerlich war, um sie in dieser Heimstatt hochgradig alternativen Lebens zuzulassen. Folglich wurde das ganze Haus mit nur diesem einen Lagerfeuer beheizt in dessen Glut auch zeitweise gekocht wurde. Das hatte zwei Dinge zur Folge: Das ganze Haus stank nach Qualm wie eine in Betrieb befindliche Räucherkammer, insbesondere deshalb, weil die Erbauer keinerlei Ahnung von Zu- und Abluft hatten und als Treppenwitz dieser Maßnahme, dass sich in zumindest zwei Zimmern ganz verschämt je ein Elektroheizgerät in einer unübersichtlichen Ecke kuschelte, da den Bewohnern sonst nämlich im Winter der Arsch abgefroren wäre. Bei denen hätte ich nicht für zehn Pfennig tot überm Zaun hängen wollen.

Überhaupt dorthin gekommen war ich wegen Ulf. Sein Wagen steckte in der Werkstatt und er hatte mich gefragt ihn dorthin zu fahren. Er wollte dort handgeschöpftes Büttenpapier für seine Kleinproduktion von marmoriertem Schreibpapier kaufen, dass ich im Übrigen sehr exquisit und schön fand. Was mich aber viel mehr interessierte, war das alternative Leben auf dem Lande. Und da bot sich in diesem Zusammenhang doch die Kommune „Tabernakel" als Anschauungsobjekt in besonderer Weise an. Hinterher war ich schlauer.

Kapitel 1

Bei Johnny

Ich saß auf der Couch in Johnnys Wohnzimmer, während er durch die drei Zimmer
seiner Wohnung und die Küche wuselte.
„Warte hier! Ich geh noch schnell was ein-
kaufen!", rief er von der Treppe aus, schon
im Begriff zu gehen. - Das passte mir gar
nicht!

Er schlug die Wohnungstür zu und ich
hörte ihn die Treppe hinunterspringen und
hüpfen; jedenfalls mehr als gehen.

„Ik ga winkelen, heb Je nog iets nodig?",
brüllte er unten im Flur, vor der Wohnung
vom alten Henk stehend. Der brüllte nur
„Nee!", durch die geschlossene Tür zurück.
Und schon war Johnny weg.

Ich saß nach wie vor in seinem Wohnraum
auf dem Sofa und er war verschwunden. Auf
der rechten Seite des Zimmers, sozusagen
an der Trennmauer des Hauses, befand sich

so etwas wie eine Wohnlandschaft aus einem von ihm selbst gezimmerten Holzunterbau mit alten Matratzen, die sowohl als Auflage, wie auch als Rückenstütze dienten. Alle waren mit Bezügen versehen und überall lagen reichlich Kissen und Wolldecken herum, davor stand ein sehr kleiner, länglich-schmaler Couchtisch. Auf der linken Seite des Zimmers, unter der abgeflachten Schräge des Mansardendachs, befand sich ein normaler, gebrauchter, älterer Dreisitzer; aufgearbeitet. Genau der, auf dem ich jetzt saß. Zwar nicht neu bezogen, aber immerhin mit neuem Stoff belegt und wie die Wohnlandschaft gegenüber, sehr dunkel gehalten. Aber auch hier ein kleiner Couchtisch davor, sehr gemütlich.

Zwischen den Couchtischen konnte man direkt bis ans Fenster durchgehen. Dieses war, für den relativ zur restlichen Wohnung großen Raum, viel zu klein. Rundum standen hier jede Menge gut platzierte, sehr gepflegte, große, grüne Topfpflanzen, plus einigen Farnen, die in Körben von der Decke hingen. Das alles, in Kombination mit der in Holland üblichen schwarz-roten Farbe für Dielen, machte den Raum zwar nicht in Gänze schummrig, setzte ihn aber in einen Zustand leichter Dämmerung.

So saß ich da nun, mutterseelenallein. Die absolute Stille, die der Wohnung dann innewohnte, wurde nur ab und an von vorbeifahrenden Autos unterbrochen - Gott sei Dank! Denn die Ruhe, die diese Räume vereinnahmte, war unheimlich, nervös machend.

Erst letzte Woche hatte mir Johnny von seinem Bruder Gerome erzählt. Der war vor etwas mehr als einem Jahr bei einem Verkehrsunfall ums Leben gekommen. Ich hatte ihn mal, zusammen mit Johnny, kurz in schon besagter Disco getroffen; ein Tier von Mann, sehnig, zugleich muskelbepackt, breitschultrig. Große, grobe Hände, extrem wacher Blick und sich ständig so bewegend, als müsse er in der nächsten Sekunde einen Angriff auf sich abwehren, von wem auch immer. Das genaue Gegenteil von Johnny, bis auf die sagenhafte körperliche Gespanntheit. Man mochte kaum glauben, dass so jemand wie er bei einem Verkehrsunfall ums Leben kommen konnte; dermaßen durchtrainiert, dermaßen fit, dermaßen stark.

Im übertragenen Sinn war es Gerome, der mich zu einer besonderen Seite von Johnny führte, nämlich der spirituell-spiritistischen, besser gesagt der ahnenden. Denn als ich in der Woche zuvor auf einen Kaffee bei Johnny war um ein bisschen zu quatschen, erzählte er mir ohne Ansatz und Vorlauf: „Gestern habe ich Gerome gesehen!"

Ich: „Wie? Gesehen?"

Er zeigte auf den Platz direkt neben mir: „Da - da bei dir auf der Couch, da saß er!"

„Spinnst Du?" Ich rückte sofort weiter links rüber.

„Nein, er saß da."

Nachdem ich mich wieder gefangen hatte: „Hat er was gesagt?"

„Nö, er saß nur da."

„Einfach nur so? Warum?"

„Ich glaub, seine Seele kann noch nicht weg von hier!"

Scheiße! ... damit hatte er mich erwischt. Und jetzt saß ich hier und achtete mit Hochspannung auf jede noch so kleine Bewegung oder Veränderung im Raum.

Ich hörte durch das Fenster, wie sich auf der Straße vor dem Haus ein Auto näherte - große Erleichterung meinerseits - es fuhr rasch vorbei, dann entfernte es sich wieder. Danach elend lange, lähmende Minuten totaler Stille.

Während ich noch zum Fenster sah, plötzlich ein Geräusch im Raum, dass mich total überraschte und meinen Kreislauf in die Nähe eines Infarkts brachte. Es stellte sich allerdings heraus, dass es nur das geräuschvolle Fallen eines Blattes aus dem Ficus links gegenüber von mir war. Dass das fallende Blatt eines Ficus Benjamin einen solchen Geräuschpegel entfalten kann, hätte ich mein Lebtag nicht vermutet. Ich war völlig fertig und überlegte die Wohnung zu verlassen oder zumindest nach nebenan in die Küche zu gehen, was ich letztendlich auch tat.

Kurz darauf die Erlösung; unten ging

die Tür und Johnny kam die Treppe hochgeschnurrt.

„Ah, stehste schon bei der Kaffeekanne…"

„War mir zu unheimlich, nebenan…"
Er lachte.

„Kein Problem, Du musst mehr vertrauen, hier tut dir keiner was - setz Dich einfach wieder hin, schließ die Augen, leg deine Hände auf die Knie und tu so, wie die Leute auf Fotos, die meditieren. Wirst sehen, alles ist freundlich und gut. Ich koch dabei den Coffie."

Der Vorgang des Kaffeekochens dauerte bei Johnny immer eine ganze Weile, da er ihn noch nach alter Art mit kochend heißem Kesselwasser schubweise aufbrühte. Den dafür benötigten Kaffee ließ er in einem dreihundert Meter entfernten Geschäft für Tee, Kaffee und Tabak extra grob mahlen, weil das bei dieser Art der Zubereitung Aroma und Geschmack des Kaffees enorm steigerte.

Ich setzte mich wieder nach nebenan

und tat, wie er mir vorgeschlagen hatte. Große Beruhigung bereitete mir die leise Geräuschkulisse, die das Kaffeekochen verursachte. Das strömende Gas für die Flamme, die das Wasser im Kessel erhitzte, das Sprudeln des kochenden Wassers selbst, das Hinstellen der Kaffeekanne, das Draufsetzen des Filterhalters, das Entfalten und Einstecken des Filterpapiers, das löffelweise Einbringen des Pulvers und nach kurzer Zeit, das regelmäßige Aufgießen des heißen Wassers. Dazu das Hin- und Hergehen von Johnny, das Auf- und Zumachen von Laden und Schranktüren.

Ich war erstaunt was man alles hörend erkennen konnte, wenn man mit Anspannung Geräusche verfolgte. Es war die gleiche Anspannung von vorhin, diesmal war sie allerdings mit einer seltsamen Ruhe gepaart. Es war jetzt eher ein Zustand extremer Wachheit und Aufmerksamkeit.

Während ich den Fokus auf die Küchengeräusche langsam verlor, tat sich vor meinen geschlossenen Augen etwas ähnliches wie ein nächtlicher Sternenhimmel auf. Sonst nichts - erst mal. Alles war schwarz und mit hellen, unregelmäßig verteilten, unterschiedlich leuchtenden Punkten übersät, wie das nächtliche Firmament. Ich verlor das Gefühl für Zeit und Raum, hörte Geräusche nur noch wie durch Watte, wusste aber nicht, wie ich mich fühlen sollte, schon allein, weil das alles so plötzlich, geradezu überfallartig geschah. Und dann, in der Ferne, bei geöffneten Augen hätte ich gesagt, aus der Tiefe des Raumes, vier superkleine extrem helle, ganz schnell rotierende, Funken sprühende, kugelrunde ́Objekte ̔.

Jetzt war es aber nicht so, dass diese Punkte nur hell waren und einfach so auf mich zurasten, nein, sie hatten Persönlichkeit; jedes war individuell und ich hatte den Eindruck, dass sie miteinander reden würden. Sie kamen unfassbar schnell näher und verbreiteten, ich kann ́s nicht anders sagen, Frohsinn. Mir fiel einfach kein anderes Wort als Frohsinn ein, denn was da über mich gekommen war, hatte nichts mit Lustigkeit, Freude, Spaß oder Glücklichsein zu tun; es war das tiefe Gefühl des Frohseins über das Leben allgemein, das Sein überhaupt und das eigene im Besonderen. Kurz vor mir blieben die kleinen Wirbelwinde ruckartig stehen, als wenn sie noch auf was warten würden. Jede nur erdenkliche Art von Angst wich von mir und ich dachte: Kommt!

Als wenn sie auf diese Einladung gewartet hätten stürzten sie durch die geschlossenen Augen in meinen Körper. - Extremes Wohlgefühl.

„Kaffee ist fertig!“ Johnny kam mit der Kanne und zwei Bechern rein, ich musste mich kurz schütteln, wie beim Aufwachen nach einem kurzen Nickerchen.

„Na? Alles gut?“

„Jau, alles bestens!“, antwortete ich, während ich innerlich noch leicht verstört und dabei war, dieses Ereignis mental und geistig einzuordnen. Der Kaffee duftete verführerisch und Johnny plapperte irgendwas, meine Gedanken jedoch ließen das Erlebte nicht wieder los. Von diesem Tag an konnte ich die vier „Kollegen“, wie ich sie nannte, in jedem stillen Moment innerhalb kürzester Zeit zu mir rufen. Und es war immer mit diesem unglaublichen Frohsinn verbunden. Ich hab es Johnny nie erzählt; und auch sonst keinem Menschen.

Kapitel 2

Die Fete

Ende August veranstaltete Ulf eine Fete in seinem Kotten. Und zwar auf die damals übliche Weise, sprich: Musik und Räumlichkeit wurden gestellt, Essen und Trinken brachte jeder selber mit.

Da ich von meiner Mutter die Metro-Karte leihen konnte, stiftete ich aufgrund des irrwitzig geringen Preises von neun Pfennig das Stück einen Karton mit 120 weißen Tafelkerzen für die gemütliche Ausleuchtung des Heuerhauses. Zusätzlich eine Schüssel Kartoffelsalat, plus zwei Sechserträger Beck's, die allerdings nur für mich.

Ich hatte keinen Überblick, wer alles da war, denn die Bude war rappeldicke voll. Auch im Garten und auf der rasenähnlichen Wiese vor dem Haus, alles voll mit Leuten. Die vierhundert Meter Feldweg waren mit Autos, Fahrrädern und Mofas zugeparkt, einige mussten sogar weit vorne im Seitenstreifen der Hauptstraße abgestellt werden. Ein voller Erfolg!

Alle glänzend drauf, viele sich unterhaltend, einige wild diskutierend, tanzend, bekifft, betrunken. Ele hatte ihre augenblicklich absolute Lieblingsschallplatte „Breakfast in America" mitgebracht, von der eine der beiden Seiten gefühlt pro Stunde einmal lief.

Es war ein großartig warmer Spätsommerabend, wie er besser kaum sein konnte. Tagsüber war es heiß gewesen und jetzt angenehm warm mit leichter Luftbewegung; ich hielt mich nur außerhalb des Hauses auf.

Hin und wieder entfernte ich mich ein wenig, um diesen wunderbaren Glanz zu genießen, der wegen der vielen im Haus und in den Fenstern aufgestellten Kerzen, zusammen mit der Musik, wie aus allen Fugen quoll. Das Murmeln der Gäste, mal ein Auflachen, jemand im Haus sang lauthals und völlig falsch „La pulce d´aqua" mit; Szenen, die für immer bleiben.

Langsam näherte ich mich wieder der Eingangstür. Durch ein Fenster sah ich

Johnny wild auf der Tenne hin- und herspringen und hörte ihn laut Juchhehen.

Ich hatte sicherheitshalber meinen Biervorrat im Garten an der Hauswand hinter einem Liebstöckelbusch gelagert und war auf dem Weg genau dorthin, als Ulfs Bruder aus der Haustür lugte, mich sah und direkt auf mich zusteuerte.

„Bernd! Alte Säule! Wie läuft´s?"
Er grinste voll bekifft.
„Bestens!"
„Das hört man gerne."
Er war Tierpräparator, stand auf Shit und Hard-Rock. Wegen seiner auffälligen Schneidezähne hatten sie ihm vor etlichen Jahren in der Schule den Spitznamen Cäsar verpasst, den er seitdem nicht mehr loswurde. Wäre er nicht Ulf´s Bruder gewesen, hätten wir uns nie kennengelernt. Schon allein, weil unsere Ansichten und Interessensgebiete sich nirgends kreuzten. Abgesehen von seiner Nachfrage nach einem Kochrezept für die Zubereitung eines Wildschwans, den er

zwei Jahre zuvor frisch geschossen zum Präparieren bekommen hatte. Ich hab ihm daraufhin ein Ragoutrezept gegeben, da ich nicht wusste, wie lange man einen Schwan als Ganzes in den Ofen schieben musste. Bei einem Ragout kann man das Vieh so lange kochen bis es gar ist und auch ansonsten mit ihm machen was man will. Da ich damals wegen der Kochberatung auch bei ihm zum Essen eingeladen war, kann ich nur sagen: Saulecker, so ein Schwanenragout.

Da standen wir nun im Garten mit dem Rücken zur Hausfront, links ein Pflaumen-, rechts ein Apfelbaum, hatten uns nichts zu sagen und glotzten in Richtung Wäldchen.

Er, unvermittelt: „Da sind Sterne im Wald!"

Ich: „Wie stoned bist Du denn?"

„Da funkeln Sterne!"

Er zeigte mit ausgestrecktem Arm in Richtung Waldlichtung. Ich kuckte genauer hin. Tatsächlich Lichter, die ich allerdings nicht als Sterne bezeichnen konnte.

Ulf machte grad eine Runde ums Haus und kam in den Garten. Ich fragte ihn, was das sei. Er meinte, das wären die Taschenlampen von Zöllnern, die sich hier ab und an rumtrieben; grenznähebedingt. Wahrscheinlich würden sie auch Nummernschilder notieren. Junge Menschen machen Party ohne Foxtrott und Volksmusik - das war in deren Augen höchst verdächtig.

Kaum hatte Ulf das ausgesprochen, stürmte Cäsar mit lautem Gebrüll in Richtung Taschenlampen. Was er dabei krakeelte klang wie ´Überwachungsstaat´. Wir hatten Mühe und Not den Vollbekifften einzufangen und zu beruhigten. Immer wieder wollte er ins Wäldchen mit den darin befindlichen Zöllnern, um denen mal so richtig die Meinung zu geigen.

Die Rettung war „Whole lotta love"! Der Song schallte genau jetzt durch die geöffneten Fenster. „Led Zeppeliiiiin!", schrie er und stürmte ins Haus. Weg war er und ward, zumindest von mir, an diesem Abend nicht mehr gesehen.

Ich pflückte ein Blatt vom Liebstöckel-strauch, zerrieb es zwischen den Fingern, roch an diesem extrem würzigen Kraut und Gedanken an Eintöpfe bildeten sich in meinem Kopf.

Ulf setzte seine Runde fort. Ich ließ den Abend weiter so laufen, wie ich ihn begonnen hatte, immer eine Flasche in der einen und ´ne Kippe in der anderen Hand, nicht im Haus aber auch nicht zu weit weg davon.

Ständig tauchten Bekannte und Freunde auf, mit denen ich ein wenig redete, lachte oder diskutierte. Gegen drei Uhr morgens trudelten die Letzten, die nicht bleiben wollten, von dannen. Feierabend.

Ich ging zu meinem Käfer im Wald. Bei dem hatte ich schon bei meiner Ankunft den Beifahrersitz in Schlafstellung gekurbelt und mit zwei Wolldecken ausgelegt. Ich kuschelte mich ein und fiel in eine längere Dunkelheit.

Nach fünf Stunden dann ungemütliches Erwachen wegen Schief- und Krummliegens.

Ich quälte mich mit mäßigem Kater aber ordentlich ziehenden Verspannungen aus dem Wagen. Sonntagmorgen, kurz nach acht.

Wie auf dem Land üblich, außer Vogelgezwitscher, Insektensummen und ab und an einem Muhen nichts zu hören. Von diesen drei Dingen abgesehen, völlige Ruhe. Alle entweder in der Kirche, auf dem Weg dorthin oder von dort schon wieder zurück. Eine eigentümliche und andächtige Atmosphäre.

In meinem Hinterkopf schwirrte plötzlich die „Pastorale" von Beethoven, die ich erst zwei Wochen zuvor gehört hatte. Dass mir musikalisch so etwas auch gefiel, konnte ich natürlich niemandem erzählen, da wäre ich sofort der bürgerliche Arsch und komplett außen vor gewesen.

Langsam, sehr langsam, eher tastend, ging ich am Feld entlang zum Kotten. Rund ums Haus Teller, Bestecke, Gläser, Stühle, zwei kleinere Tische, restliches Lagerfeuer mit Glut und leichter Rauchentwicklung. Vier Leute lagen im Gras und schliefen. Zwei mit und zwei ohne Schlafsack.

Sämtliche Fenster und Türen sperrangelweit geöffnet. Im Haus, auf der Tenne, in der Küche und dem Wohnschlafraum von Ulf lagen mindestens elf Leute. Entweder auf dem Boden, einem der zwei Sofas oder mit Luftmatratze unterm Küchentisch. Ein mit Decken eingemummelter Gast schlief sogar auf vier nebeneinandergestellten Stühlen.

Mitbewohner Jens war nicht nach Party zumute gewesen und hatte es vorgezogen die Nacht bei Freunden in Gronau zu verbringen. Er hatte aber dummerweise sein Zimmer nicht verschlossen, was zur Folge hatte, dass sich nun eine junge, splitterfasernackte Frau in seinem Bett befand - mit ihrem Schäferhund ...

Der Wohnschlafraum von Ulf war mit einem selbstgebauten Hochbett ausgestattet. Die Schlafstätte befand sich, bündig mit der Türzarge, von Wand zu Wand reichend, über dem Zimmereingang und maß zwei mal zwei Meter. Unter dem Hochbett befanden sich rechts ein Schreibtisch und links ein offenes Regal für Klamotten und Gedöns. Im hinteren, freien Bereich des Raums standen rechts und links an den Wänden je ein Sofa, in der Mitte ein niedriger Couchtisch. Gebraucht, wie alles andere hier auch. Vorm linken Sofa war ein Kanonenofen platziert. Vorm rechten Sofa führte eine Festleiter auf die Schlafebene.

Ich stieg drei Sprossen hoch um die Lage zu peilen, aber es war nicht genau auszumachen, ob da vier oder fünf Schlafende lagen. Zurück in der Küche suchte ich nach den Utensilien zum Kaffeekochen, was sich im entstandenen Chaos als nicht gerade einfach erwies.

Zwanzig Minuten später saß ich draußen im Sonnenschein, mittig auf der Wiese vorm Haus an einem kleinen, rechteckigen Beistelltisch und trank meinen Morgenkaffee. Ich trank ihn nicht, ich genoss ihn, denn immer noch herrschte diese ländliche, sonntägliche Morgenruhe. Ab und an besuchte eine Biene den Tisch; wenn man die Augen schloss, glaubte man im Paradies zu sein. Allmählich machte sich im Haus und rundherum wieder

Leben bemerkbar. Einige setzten sich irgendwo hin, andere begannen, Müll zusammenzutragen.

Viel mehr als ein nordisch kurzes Moin! war zu diesem Zeitpunkt nicht zu vernehmen. Gegen Zehn kam wieder Action in die Bude. Der große Küchentisch wurde nach draußen geschleppt, gedeckt, mit Stühlen, einer Bank und umgedrehten Kisten als Sitzgelegenheit umstellt.

Für Johnny, der auch irgendwo im Haus übernachtet hatte, war das nichts, Frühstück. Er sprang schon wieder voller Energie durch die Gegend, umarmte jeden greifbaren Menschen, um sich dann ausgiebig von diesem zu verabschieden.

Nachdem er bei allen durch war, gab es nochmal ein Riesenhallo und er hüpfte durch den Acker in Richtung Wald zu seinem Auto. Dabei handelte es sich um einen geradezu irrwitzig kleinen Kastenwagen von Suzuki mit einer Zwei-Personen-Fahrerkabine und einem Laderaum, der einer Grundfläche von etwas mehr als vier Kühlschränken gleichkam. Riesenvorteil: Man konnte hinten eine Matratze reinschmeißen und spontan für ein Wochenende sonst wohin in Urlaub fahren.

Nach mehrmaligem Hin- und Hersetzen im Wald knatterte er schließlich den Feldweg hoch in Richtung Landstraße und war weg.

Jetzt kam, als Letzte, auch Pille vor die Tür. Körpersprache und Gesicht das reinste Sauf-Elend. Sie besah sich kurz den gedeckten Frühstückstisch, drehte sich um, ging zurück ins Haus, dort auf die Toilette, kotzte eine Runde und legte sich noch mal ins Hochbett; bis zum späten Nachmittag.

Ulf hatte zwischendurch den Holzbadeofen mit ein paar Scheiten beschickt und angezündet. Nun kam auch er zum Frühstücken raus und quetschte sich zwischen die anderen. Ruhig, sanft und leise verrann der Vormittag. Der Tisch wurde leerer und leerer, um schließlich abgeräumt zurück in die Küche gestellt zu werden. Das Feld lichtete sich zusehends und um fünfzehn Uhr waren nur noch Ulf, Ele, Pille und ich da. Ich hatte mich mit dem Beistelltisch direkt an den Ackerrand verzogen, von Pille immer noch keine Spur.

Ele legte ihre Lieblingsscheibe auf. Nach zirka zwanzig Minuten tauchte Ulf triefnass aus dem Badezimmer auf und ging, nur mit Shorts und Handtuch bekleidet, sich das Haar trocknend, langsam über die Wiese auf mich zu: "Und?"

„Alles gut!"

Mehr gab es auch nicht zu sagen.

Bedachtsam, sich nach liegengebliebenen Partyresten umsehend, ging er weiter übers Grundstück, einmal rund ums Haus. Ele hatte inzwischen die B-Seite ihrer Langspielplatte aufgelegt und setzte sich nun allein auf die Bank neben der Haustür. Traurig klang „Take the long way home" aus dem Kotten.

In der Ferne, durch die spätsommerliche Wärme läuteten die Glocken des Franziskanerklosters zum Officium, dazu all die Gerüche dieser Jahreszeit. Ich lehnte mich zurück, schloss die Augen, hatte das Gefühl mich aufzulösen und dachte bei mir: ‚So fühlt sich Weltschmerz an! … irgendwie zumindest‘.

Kapitel 3

Spaziergänge und Gespräche

Das Jahr schritt voran, erreichte den Okto-
ber und das Land wurde durch einen Kälteeinbruch von jetzt auf gleich in den Spät-
herbst gestoßen. Ich musste unter höchstem
Stresslevel dem á-la-carte-Kochen nachge-
hen, Ulf war seit zwei Wochen mit eigenem
Musikprogramm in Süddeutschland auf
Kleinkunstbühnen unterwegs, wollte aber dies
Wochenende zurück sein.

Johnny war laut eigener Aussage extrem
beschäftigt, womit genau, war allerdings nicht
klar, Pille hütete dreimal die Woche zwei un-
erzogene und hochgradig nervige Kinder eines Lehrerehepaars. Der Job war gut bezahlt
und sie konnte das Geld mehr als alles andere gebrauchen. Ele war wie immer einfach
nur da. Manchmal fragte ich mich, woher
überhaupt ihr Geld zum Leben stammte, bin
aber immer wieder bei ihren nicht gerade un-
vermögenden Eltern gelandet.

Durch besagten Kälteeinbruch bot die Natur dieses Jahr ein geradezu unfassbares Farbspektakel. Es erinnerte stark an Fotos eines Beitrags der National Geographic über den ´Indian Summer in New Brunswick´.

Ein Kumpel von mir hatte die Zeitschrift aus den Vereinigten Staaten mitgebracht, wo er zu Besuch seines Bruders gewesen war. Ich habe den Bericht verschlungen. Super Beschreibung, sensationelle Fotos. Hier gab´s die GEO - aber nicht mit so was Profanem wie Herbst, schon gar nicht als Titel.

Alle zwei Wochenenden hatte ich sonntags und montags frei, was ich an diesem auch gleich ausnutzte, um mich mit den anderen zu einem ausgedehnten Spaziergang mit Blätterrascheln zu verabreden. Mir fiel dazu die Haarmühle ein. Juliane war mit mir zur Schule gegangen. Ihre Eltern besaßen diesen Bauernhof mit Schenke und Mühle in der Nähe von Alstätte. Ich machte den anderen den Vorschlag dort hinzufahren, spazieren zu gehen und danach in die Bauernschenke einzukehren. Alle waren einverstanden.

Ulf fuhr uns in seinem Citroën dorthin, vor allen Dingen, weil Ele mit von der Partie war und in sein Auto besser drei Personen in den Fond passten als in meinen Käfer.

Von Gronau aus mussten wir quer durchs Venn fahren, dass mit Erika und Birken übersät war. Zehn Kilometer unbewohntes Torfstechgebiet. An einigen Stellen kreuzten Torfbahnschienen die Straße. Benutzt wurden die meisten davon schon länger nicht mehr, da kaum noch jemand mit Torf heizte. Brikett, Öl und Gas waren angesagt. Ich erinnerte mich daran, dass wir als Familie in meiner Kindheit ab und an mit dem Fahrrad nach Alstätte fuhren, zu eben genau dieser Haarmühle. Vor allen Dingen, weil Mutter eine supergünstige Einkaufgelegenheit auf der holländischen Seite der bäuerlichen Schankwirtschaft aufgetan hatte. Meist fuhren wir beladen wie die Packesel von dort aus wieder zurück nach Gronau - mit dem Fahrrad wohlgemerkt!

Diesmal waren wir mit französischem Komfort angekommen und auch schon ausgestiegen.

„Ich sag mal Bescheid, dass wir nachher noch reinkommen, und dass es warm sein soll!"

Das war nötig, denn ich hatte die Erfahrung gemacht, dass Julianes Eltern gerne mal das Heizen vergaßen. Ihre Theorie war: Viele Gäste heizen den Raum von ganz alleine. Als ich den Laden betrat schlug mir sofort der Geruch von kaltem Rauch und geräuchertem Fleisch entgegen, denn hier wurde tatsächlich noch mit Holz in einem großen, offenen Kamin geheizt. In dem darüber angebrachten Bosen mit Wiem hingen ab Herbst den ganzen Winter über Schinken, Speckseiten und Dauerwürste, die dort geräuchert wurden. Julianes Eltern waren die letzten, die das noch machten. Zumindest waren sie die einzigen, die ich kannte.

Dieser Rauchfang über dem Hiärdfüür, wie die ganze Anlage auf westfälisch Platt genannt wurde, trug in hochdeutschen Erzählungen auch gerne mal die prunkvolle Umschreibung „Westfälischer Himmel" - natürlich nicht, weil er überm Feuer schwebte, sondern weil er voll mit Fleisch hing. Was den Raum aber extrem besonders machte, war die Tatsache, dass die ganze Kneipe von den Fußsockeln hoch bis an die Decke in knapp dreieinhalb Meter Höhe rundum und komplett mit Delfter Kacheln gefliest war. Ein kulturelles Fliesenwunder in Weiß-Blau!

Von der Eingangstür aus ging ich direkt auf den Tresen zu. Der Laden war leer und ich rief laut: „Hallo!"

Es dauerte einen Moment und dann kam durch die Tür rechts vom Tresen Julianes Mutter. Sie kannte mich von früheren Besuchen. „Och, Du büss dat - ich hol Juliane", drehte sich um und verschwand wieder durch erwähnte Tür. Rufen im Hintergrund, eine Minute später kam Juliane rein. Ich erklärte kurz, was ich wollte. Sie: „Hast Glück, ich hab heute Abend Tresendienst!" Den teilte sie sich mit ihrem Bruder, da die Alten das nicht mehr machen wollten. Ich versuchte mich in Wohlwollen: „Dann ist das Glück ja ganz auf deiner Seite, heute Abend, was?!"

„Mal sehen!“, kam es ohne ein Lächeln, westfälisch knapp zurück.

Sie war mir einfach zu pragmatisch, spröde und zu wenig begeisterungsfähig, sonst wär ich vielleicht öfter dort aufgeschlagen.

Ich dann wieder raus, schnurstracks auf die anderen zu, die jetzt an der Beeke standen, einem kleinen Fluss mit Staustufe und Wassermühle direkt am Hof gelegen; offiziell Ahauser Aa genannt. Hier, an der aufgestauten Seite, waren eiserne Paddelboote für Ausflugsgäste vertäut. Alt und rostig, aber vor langer Zeit erkennbar recht bunt angemalt gewesen.

„Schade!“, meinte Ele, während sie die Kähne betrachtete.

Ich murmelte: „Ja, die Alten machen nix mehr! Die sind müde.“

Wir gingen circa hundert Meter links am Stauwasser lang in Richtung Wassermühle. Uraltes Ding, ziemlich verfallen. Das Wasser rauschte über die Schiebe, sammelte sich unterhalb der Mühle, um dann nach etwa ein-

hundert Metern wieder mit dem nicht gestau-
ten Wasser der Beeke vereint zu werden.

„Ich würde die reparieren und dann
klippediklapp!", sinnierte Johnny. „Dann ist
das wieder total schön hier!"

„Vergiss es!" antwortete Pille „Alles
was alt ist, lassen die in diesem Land verrot-
ten. Hier will niemand Vergangenheit haben."

Wir gingen weiter. Die ganze Landschaft
duftete nach Herbst, ein würzig-wohliger Geruch aus altem Laub, feuchtem Holz und Pil-
zen. Wir redeten darüber, dass man das Alte
mehr erhalten müsse. Nicht so sehr als tou-
ristische Attraktion, sondern mehr im Sinne
von 'Der Mensch, der nicht weiß woher er
kommt, weiß auch nicht, wohin er geht'.

Wir waren, was das anbelangte, schwer ge-
schädigt. Die gesamte Gronauer Altstadt, inklusive dem Handwerkerviertel und dem
Sommerschloss der Bentheimer Fürsten, war
für eine gigantische Betonplatte mit Hoch-
hausbebauung und darunter gelegenem
Atombunker eingeebnet worden. Ulf meinte:

„Ja, was die Bomben nicht geschafft haben, das Stadtbauamt hat′s hinbekommen …“

Ich lachte. „Wohl wahr!“

Der allgemeine gesellschaftliche Konsens war: Das Alte muss weg! Wir sahen das auch so aber nur, wenn das Alte unwiederbringlich verrottet war. Also keine Vernichtung bis hin zur Geschichtsvergessenheit - aber genau darum schien es den meisten zu gehen, die den Krieg noch mitgemacht hatten, also unserer Elterngeneration.

Allein das Erwähnen vom Erhalt alter Dinge brachte manche zu schierer Weißglut. Eine Erfahrung die man sehr gut auf alkoholgeschwängerten Familienfeiern machen konnte. Unser Gespräch geriet über die alte Mühle ins politische, denn in der ziemlich runtergekommen Bahnhofstrasse in Gronau hatte ein Ökoladen aufgemacht, wo wir ab und an aufschlugen; eigentlich nur um zu reden und das Neuste zu hören, denn genug Geld, um dort einzukaufen hatten wir wahrlich nicht. Zumindest nicht regelmäßig. Hemmo, so nannte sich der Inhaber und spirituelle Füh-

rer seiner selbst und seiner einzigen Ange-
stellten, wollte im Dezember nach Hersel fahren, irgendwo am Rhein, zur Gründung einer Partei, die sich ´Die Grünen´ nennen
wollten. Was Hemmo, der eigentlich Hermann
Butenbusch hieß, dort wollte, außer
´irgendwie teilzunehmen´, war uns allerdings
nicht klar.

Ich hatte im August zusammen mit meinem Bruder einen Vortrag von Baldur Sp-
ringmann in Ahaus gehört, der wohl zur
Gründungsmannschaft dieser Partei gehören
sollte. Ein völlig durchgeknallter Ökobauer
und Zausel aus dem alemannischen Bereich
Deutschlands. Was die Antwort auf die nicht
gestellte Frage nach Hemmos Reise dorthin
und dem Warum etwas leichter machte: Alles schien ein wenig wirr.

Auf genau das Thema dieser Parteigrün-
dung kamen wir jetzt, über den schon er-
wähnten Abriss der Altstadt und den Bau des
Atombunkers mit grauenhafter Betonarchi-
tektur obendrauf, zu sprechen. Denn bei dem
Wort Atom fiel jedem von uns sofort die

Kernschmelze von Three-Miles-Island ein, die sich erst vor einem halben Jahr ereignet hatte und die sich nur durch pures Glück in allerletzter Sekunde nicht in eine absolute Katastrophe verwandelt hatte.

„Wer hat zufällig die Diskussionsrunde über Reaktorsicherheit ganz kurz vor dem Crash auf Teneriffa im Fernsehen gesehen?", fragte Ulf in die Runde.

Bei diesem Flugzeugunglück stießen zwei Jumbo-Jets aufeinander, mit dem traurigen Ergebnis von 583 Toten.

Wir alle verneinten die Frage, woraufhin Ulf erklärte, dass in genau dieser Sendung ein ausgewiesener Experte für Reaktorsicherheit, die Gefahr der Kernschmelze eines AKW´s auf praktisch Null runterredete und als Vergleich anführte: 'Das ist genau so unwahrscheinlich, wie der Zusammenstoß zweier Jumbo-Jets!´

Wir waren irgendwas zwischen erstaunt und entsetzt, fühlten uns aber in unserer Annahme, dass Atomkraft echt Scheiße sei, durch das leider stattgefundene Unglück bestätigt. Und so gesellte sich der permanent leicht unterschwelligen Angst vor einem Atomkrieg der Systeme, seit kurzem noch die Angst vor explodierenden Kernkraftwerken hinzu, was unsere Auffassung, dass sich grundlegend etwas ändern müsse, nur bestärkte. Insbesondere, dass wir selber eine solcher Veränderung herbeiführen müssten, wie immer auch ...

„Wir müssen die Dinger verhindern, wir müssen da gegen was tun!" Pille war Aktivistin.

Ich: „Ja aber was? Wenn die Mehrheit es will und diese auch noch demokratisch gewählt ist?! Denn das ist der Nachteil der Demokratie! Auch wenn´s falsch ist und dir außerdem nicht gefällt, musst Du es trotzdem aushalten!".

„Das ist doch ein allgemeiner Platz!", kam es von Johnny.

„Allgemeinplatz!", schob Ele verbessernd hinterher.

„Sag ich doch!", erwiderte Johnny.

Ulf lachte: „Wegen so was brechen

Kriege aus!"

„Die Deutschen sind nicht immer gut zu verstehen", antwortete Johnny. Aber niemand hatte jetzt Bock ihm den Unterschied zu erklären.

„Lass gut sein!", beendete Ele die Diskussion.

Da Pille überlegte, eventuell auf Lehramt zu studieren, kam im Zusammenhang mit Protesten, Anti-Atomkraftbewegung und grundsätzlich politischer Ausrichtung, auch noch das Thema Radikalenerlass zur Diskussion.

„Man darf nur noch sagen, was denen da oben gefällt!", kam es dazu von Ele. Wobei nicht klar war, ob sie damit wirklich diesen Erlass meinte oder sie nicht doch die Plattitüde vom ´kleinen Mann´ und ´denen da oben´ vertrat.

„Ihr habt einen großen Überwachungsstaat, was ich so höre!", kam es von Johnny.

Ich fragte: „Wo hast Du das denn her?"

„War bei uns in die Television, mit diesem deutsche Wort!"

Da fiel mir nur ein überraschtes „Oh!“ zu ein.

„In Holland kannst Du sage: Ich bin ein Kommunist! Und Du kriegst trotzdem den Job! Kein Problem!“

Daraufhin Ele: „Bei euch kann man ja auch Haschisch kaufen und rauchen!“

„Was soll das denn heißen? Das ergibt doch keinen Zusammenhang.“

Johnny war leicht irritiert. Da niemand weiter in das Thema einstieg, traten erst mal ein paar Schweigeminuten ein.

Der Weg, den wir gingen verlor sich in einer Mischung aus Venn und Wald. Immer wieder sogen wir die herbstliche Luft tief durch unsere Nasen ein. Als wir an eine Wegkreuzung kamen, entschieden wir uns rechts abzubiegen, um einen Bogen zur Mühle hinzubekommen, denn wir waren schon etwas mehr als eine halbe Stunde unterwegs.

Plötzlich Gedankensprung Ulf: „Ich will nächstes Jahr ´ne LP aufnehmen…“

Wir alle: „Jaaaa…?!“

„Ich hab lange nach einem Titel für die Platte gesucht und weiß jetzt wie sie heißen soll: Menschenlieder!"

Wow! Menschenlieder, wir waren schwer beeindruckt.

„Das ist echt toll", kam es von Johnny. „Wann kann man die kaufen?"

„Keine Ahnung, die muss erst mal produziert werden. Aufnahme, Plattenfirma suchen, Pressung, Cover, Gestaltung und das alles. Die Songs sind ja schon da, der Rest muss noch gemacht und vor allen Dingen finanziert werden. Nicht billig so´ne Scheibe. Kann dauern."

Pille lächelte: „Wir warten!"

Der Rest von uns nickte.

Ele war leicht vorgelaufen und rief uns zu: „Da ist wieder ein Weg nach rechts!"

Das war gut so, denn so allmählich mussten wir zurück zur Bauernschenke, denn es dämmerte schon.

„Kiribati hat jetzt Unabhängigkeit!", meinte Johnny plötzlich ohne Ansatz und Anbindung an irgendwas bisher Behandeltes.

„Was für Nachrichten hörst Du denn?", fragte Pille.

Er streckte sich ein klein wenig in die Höhe: „In Holland sind die Nachrichten ein bisschen anders als in Duitsland", wobei er Deutschland extra holländisch aussprach - dann aber lachte. „Unsere Nachrichten sind mehr international, eure Nachrichten beschäftigen sich mehr mit eurem Land."

Ich sah ihn schräg von der Seite an: „Ist das so?"

Er: „Ist so!"

Ich: „Hm?!"

Daraufhin ein wenig Stille zwischen uns, während wir langsam weitergingen.

Mit einem Mal schoss es Pille durch den Kopf und sie sagte: „Nächstes Wochenende ist Demo in Münster gegen den Nato-Doppelbeschluss. Wer ist mit dabei?"

Sie war plötzlich ganz aufgeregt.

Da keiner von uns direkt antwortete, was sie als Absage verstand, wollte sie aber auf jeden Fall jede Menge Atomkraft-Nein-Danke und Anti-Raketen Aufkleber für uns mitbringen. Jemand sagte ´gut´ und das Thema war erstmal durch. Dann machten sich mit einem Mal die Themen Volksentscheid zur Schulreform und die Besteigung des K2 durch Messner breit. Am Niederrhein nennt man eine dermaßen unsortierte Themenflut „flämische Uferlosigkeit".

Mir wurde ein Teil der Themen zu politisch und der Rest ging mir plötzlich gewaltig auf den Sack. Ich versuchte das durch Überspitzung allen mitzuteilen: „Ja, ja, ja – und der HSV ist deutscher Meister geworden!"

„Ok," rief Ele, um dass sich als Geschwätz gebärdende Gerede zu beenden.

„Das langt, wir müssen jetzt dringend zurück, weil, das bringt uns hier echt nicht weiter. Dahinten ist Licht zwischen den Bäumen, könnte schon die Kneipe sein."

War es dann auch. Passend zum Eintreffen dort fing es an zu nieseln; aus dem Schornstein der Kneipe stieg Rauch hoch. Wunderbar. Wir stampften die Blätter und den Dreck von unseren Schuhen und betraten den Laden.

„Leck mich am Arsch!", war Eles Reaktion auf die Delfter Kachellandschaft und
sie bekam den Mund wohl eine Minute nicht
mehr zu. Auch die anderen kannten die
Schenke nicht und waren mächtig beeindruckt.

Dazu prasselte das offene Feuer; Juliane
hatte fünf Stühle im Halbrund davorgestellt.

„Gibt´s ja gar nicht!", war Johnnys Reaktion.

Er ging, die Kacheln bestaunend, an allen Wänden lang, um sich dann in einem der
Lehnstühle vor dem Kamin niederzulassen,
die Beine auszustrecken und „Heeerlijk!" zu
rufen.

Weil sie uns hörte, kam Juliane von
nebenan rein und fragte leicht unterkühlt:
„Recht so, die Herrschaften?"

Das waren genau die Reaktionen, bei
denen es mir schwerfiel zu glauben, dass wir
zusammen in der Schule eine Klasse besucht

hatten. Das Feuer brannte, sonst keine Kunden - alles nur für uns - ja, das war recht so!

„Habt ihr auch Wein?"

„Klar, so´n halbsüßen Kabinett."

„Her damit!"

So ließen wir´s uns die nächsten drei Stunden gutgehen, soffen den halbtrockenen Wein, redeten und diskutierten scheinbar ziellos weiter.

Kein augenblicklich relevantes Thema blieb dabei liegen. Durchdiskutiert wurde allerdings auch keines wirklich. Wie ein Kumpel von mir so einen Abend gerne umschrieb: 'Es wurde die eine oder andere Flasche verplaudert´.

Nach zwei Stunden ging uns die Laune zum Reden und Diskutieren aus; wahrscheinlich lag´s am Wein, vielleicht auch am Spaziergang. Die verbleibende Stunde bis zur Abreise glotzten wir stumm ins knisternde Feuer ... jeder war ab da und für kurze Zeit in seiner eigenen Welt.

Zwei Bauern kamen noch auf Bier und Korn
vorbei, das war's für diesen Tag.

Gegen zehn fuhren wir nach Haus.

Kapitel 4

Weihnachten

Den Tag vor Heilig Abend und Heilig Abend selber hatte ich frei und fuhr nach Hause, musste dafür aber beide Feiertage arbeiten. Gott sei Dank nur abends und noch besser: Es gab nur drei Menüs im Angebot und diese ausschließlich auf Vorbestellung. Super zu planen, vorzubereiten und rauszuschicken. Kein Vergleich zum extrem hektischen und nervenaufreibenden á-la-carte-Geschäft - fast wie Urlaub.

Der Hammer dies Jahr war allerdings, dass das Restaurant vom 27. bis einschließlich nächsten 5. Geschlossen hatte, satte zehn Tage. Chef und Chefin hatten sich nämlich dem neuesten Trend ergeben, die Feiertage auf irgendeiner Mallorca ähnlichen Insel im Mittelmeer zu verbringen und sowohl wild wie auch kurz entschlossen für sich und die zwei Blagen anderthalb Wochen Entspannung zu buchen. Sie mussten unbedingt mit den

Anderen der Stadtoberschicht mithalten.

Die Küchen- und Kellnerbrigade schmiss zusammen mit Chef's Mutter die Tage über Weihnachten - danach war sowieso dicht. Somit wurde der 26. nach Versorgung der Gäste dafür genutzt, sämtliche Nahrungsmittel lagerfähig zu machen, einzufrieren oder auch Reste zu entsorgen, die eh diese Zeit nicht überstehen würden. Zum Schluss noch mal die Bude auf Hochglanz poliert und ab nach Gronau.

Wie schon gesagt, verbrachte ich Heilig Abend zu Hause - mit meinen Brüdern und meiner Mutter. Wie immer grottenlangweilig. Eine Orgie aus Geschenkpapier und Schleifchen. Ich wusste, wie sehr sich Mutter anstrengte, um die Knete für all das ein Jahr lang zusammenzukratzen; gefallen hat mir das nicht. Ein schönes, gemütliches Beisammensein mit schönem Essen, leckeren Weinen, tollen Gesprächen und viel Zeit hätte mir völlig gereicht, um glücklich zu sein. Denn wenn es eh nur um's Materielle ging, hätte man auch die jährliche Geschenkgesamtmenge an einem zuvor festgelegten Tag in Münzen und Scheinen aushändigen können; nur der Ehrlichkeit halber.

Entsprechend kam wirkliche Freude bei mir nicht auf … und so blieben denn die drei Nachkriegshuren Fressen, Saufen und Fernsehen – diese drei! Und keine war die Größte unter ihnen.

Ulf war Heilig Abend ab achtzehn Uhr für fünf Stunden bei seiner Mama, die von allen, auch von ihm und seinem Bruder, nur Guste genannt wurde. Trotz ihres teils wirklich bösen Lebenslaufs, eine geradezu verschwenderisch liebe Frau. Kurz bevor er das Heuerhaus verließ, hatte er alle Öfen gut beschickt und die Feuer auf kleinster Flamme entfacht, so dass der Kotten muckelig warm war, als er um Mitternacht dort wieder eintraf. Am nächsten Morgen telefonierte er noch lange mit Pille.

Auch Johnny blieb zu Hause, besuchte aber am ersten Weihnachtstag den alten Henk und schenkte ihm eine Flasche echten, lange gelagerten Genever und eine Packung Tabak der Sorte ´VanNelle´ in der Ausführung ´sware shag´, die hauptsächlich aus schwarzem, extrem starken Kentucky bestand. Henk liebte beides, den schön weichen Fusel und den Tabak, der dem Geruch nach eher dazu angetan war, Insekten zu vernichten. Die Niederländer begingen Weihnachten ohnehin völlig anders als die Deutschen, der Heilige Abend wurde zum Beispiel gar nicht gefeiert. Und so besuchte Johnny am ersten Weihnachtstag, direkt nach Henk, seine Familie auf Kaffee, Kuchen, Genever und Bier; danach rundum einige Freunde und Bekannte. Am zweiten Weihnachtstag blieb er in seiner Bude und alle kamen zu ihm.

Sehr schöner Brauch!

Ele und Pille verbrachten die drei Tage bei ihren Eltern. Während dieser Zeit war von den beiden nichts zu hören, außer dem Telefonat, dass Pille mit Ulf führte.

Kapitel 5

Zwischen den Feiertagen

Ich hatte Weihnachten und die Arbeit gut überstanden. An meinem ersten freien Tag, dem Donnerstag nach den Feiertagen, kaufte ich im grenznahen Supermarkt auf der holländischen Seite ein paar Sachen, die dort erheblich günstiger und auch leckerer waren als in Deutschland. Mittelalter Gouda zum Beispiel, ´Remia´ Mayo im praktischen Kiloeimer, konzentrierte Kondensmilch ´Friesche Vlag´ in 700-ml-Flaschen und der unschlagbare „Swarte Kip" Eierlikör für die getunkten Neujahrshörnchen mit Sahnefüllung!

Während ich etwas ziellos durch die Gänge schlenderte und gerade die verschiedenen Sorten Flüssigchlor betrachtete, erklang ein Aufschrei aus ca. zehn Metern Entfernung: Johnny! Als er mich sah, ließ er sofort seinen Einkaufswagen los, der dann noch etwas weiterrollte und mit einem sanf-

ten Tong vom Gemüseregal aufgehalten wurde. Er sprang durch die Putzmittelabteilung
direkt auf mich zu: „Bernd, Bernd, Bernd!
Wie geht's dir???"

„Bestens, mir geht's super! Und dir?"

„Auch total super!" Er grinste. „Haste
was vor, die Tage?"

„Nö, ich hab aber bis fünften Januar
frei!"

„Bestens! Dann wir machen was zusammen, ich ruf dich an! Nu muss ich aber flink
weg. Henk hat kein Drolpapier mehr und er
muss!"

„Hä?"

„Kein Papier für Kacken und er muss.
Jetzt!"

Und schon raste er zu seinem Wagen
zurück, in dem nichts anderes lag als ein Pa-
ket Toilettenpapier, sprintete damit zur Kas-
se, bezahlte und war verschwunden. Ich malte
mir einen kurzen Augenblick aus, wie sehr
der gute Henk wohl auf sein Drolpapier warten würde …

Abends klingelte das Telefon. Ich erwartete die Stimme von Johnny zu hören, jedoch war Ulf am Apparat.

„Neuigkeiten!", rief er aufgeregt in den Hörer. Pilles Mama, eine sehr gläubige Lutheranerin, hatte in ihrer Gemeinde von einer Freizeit für junge Erwachsene und Teenager ab vierzehn auf der holländischen Insel Ameland erfahren, bei der eine fünfköpfige Truppe kurzfristig abgesprungen war und deren Plätze neu vergeben wurden. Mama hatte das sofort für ihre Tochter mit Freund, sprich Pille und Ulf, kirchlich-preiswert gebucht und denen zum weihnachtlichen Geschenk gemacht. Ein kleiner Wermutstropfen war, dass die Anreise selbst organisiert werden musste. Aber auch darum kümmerte sich Mama und die beiden bekamen eine Mitfahrgelegenheit in einem Renault R4 eines jungen Paars aus der Gemeinde.

Es sollte morgen, am Freitag, losgehen und für Mittwoch, den zweiten Januar, war die Rückreise geplant. Kurzurlaub mit Jahreswechsel. Damit zerschlugen sich für mich alle Gedanken an eine Silvesterfeier mit den Freunden - erst mal.

Ich rief daraufhin Johnny an. „Ja, ja, gut, gut … “, antwortete er gehetzt. Mehr sagte er nicht, denn schon nötigte ihn irgendein nächster, unheimlich wichtiger Termin. Zurückrufen wolle er noch.

Ulf und Pille fuhren am nächsten Morgen mit dem R4-Ehepaar Richtung Holland und dort nach Holwerd zum Fähranleger.

Abends in den Nachrichten vermieste mir die Meldung, dass die Sowjetunion in Afghanistan einmarschiert war, mal so richtig die Laune.

„Was für Arschlöcher!“, dachte ich nur und war ein wenig bedröppelt darüber, meine Wut nicht mit jemandem teilen zu können. Einen Anruf von Johnny gab es an diesem Tag jedoch nicht. Der Samstag verstrich ebenfalls, ohne dass ich was von ihm hörte.

Auch der Sonntag zog zäh wie ein Kaugummi ereignislos an mir vorbei und schon hatte ich den Gedanken, an einer Party zum Jahreswechsel teilzunehmen zu können, komplett begraben, da klingelte am frühen Abend das Telefon: „Wir fahren auch nach Ameland!", rief Johnny durch den Hörer. „Benzin und Fährboot fifty-fifty! Okay? Gleich Morgen um sieben!"

Ich war irgendwas zwischen überrascht und überrumpelt und antwortete: „In Ordnung, ich hol Dich ab!"

Als Erstes nach dem Telefonat kramte ich meine Straßenkarten aus dem Käfer und versuchte zu errechnen, wie viel Kilometer und Zeit die ganze Unternehmung verschlingen würde. Außerdem notierte ich praktisch jeden Ort, den wir passieren würden, um die Route möglichst treffsicher zu gestalten. Dann fuhr ich zur nächsten, noch offenen Tankstelle; einmal die Karre vollgemacht; sollte für Hin- und Rückreise reichen. Wieder zurück nach Hause, Reisetasche gepackt und zusammen mit drei Flaschen Mineralwasser, acht lufttrockenen Mettwürsten, sechs hartgekochten Eiern und ein paar Roggenbrotscheiben im Auto verstaut.

Um alles andere wird sich wohl Johnny bis morgen gekümmert haben … dachte ich …

Der nächste Morgen, Montagmorgen, Silvestermorgen. Pünktlich um 7.00 Uhr fuhr ich bei Johnny vor, der natürlich nicht fertig gepackt auf mich wartete, sondern mit Riesenradau und -hallo durch seine Bude sprang. Ich ging erst gar nicht die Treppe hoch.

„Ich warte im Auto!", rief ich zu ihm hoch zu. Als ich an der Hausseite entlang zur Straße lief, sah ich noch, wie Henk, völlig ungewöhnlich für Holländer, neugierig aus seinem Scheißhausfenster linste.

Im Käfer stellte ich das Radio an. Das hatte ich mir letztes Jahr zu Weihnachten gegönnt. Es war ohne Zweifel mein ganzer Stolz: Das Becker Mexico!!! Ganz wichtig: Mit Cassettenspieler! Außerdem astreiner Klang, wahnsinnig gute Empfangseigenschaften und im Nadelstreifen Design. Einfach der Hammer! Ich stand jetzt auf der holländischen Seite der Grenze und noch im Funkbereich des WDR. Wegen einer Sturmwarnung von gestern Abend in den Spätnachrichten und weil es schon jetzt ziemlich windig war, versuchte ich allerdings den NDR rein zu bekommen. Und tatsächlich kam der ebenfalls ohne Probleme glasklar und stabil rein.

Mittlerweile war es 7.18 Uhr, Johnny hüpfte aus der Haustür, stürzte auf den Käfer zu, stellte seinen Campingbeutel aufs Dach, drehte sich unvermittelt noch mal um und raste zurück zum Haus, um Henk einen Guten Rutsch durch die Tür zu zubrüllen, dann sprintete er wieder in Richtung Wagen, packte den Beutel, schmiss ihn auf die Rückbank und kletterte auf den Beifahrersitz.

„Kann losgeh'n!", rief er.

Ich dachte nur, dass kann ja heiter werden und startete den Boxermotor. Kaum dass wir in Oldenzaal reinfuhren, kamen Nachrichten mit dem Wetterbericht und dem Hinweis einer Unwetterwarnung die ziemlich beunruhigend in etwa so klang: „Für heute Abend und über die Nacht besteht an der gesamten deutschen Nordseeküste die Gefahr einer sehr schweren Sturmflut. Außerdem ist mit sehr schwerem Sturm und Orkanböen, örtlich mit Orkan zu rechnen. Benachrichtigen sie ihre Nachbarn. Bringen sie sich und ihr Hab und Gut in Sicherheit!"

Um die Wichtigkeit der ganzen Sache hervorzuheben, wiederholte der Sprecher jetzt die Ansage noch mal. Ich muss wohl recht entsetzt geguckt haben, denn aus Johnny sprudelte es sofort: „Aahh, das ist deutsche Küste, hier in Holland ist alles anders!"

„Dein Wort in Gottes Ohr!"

„Mein Wort in die Ohr von Gott? Was soll das heißen?"

„Das heißt: Wenn wir Glück haben, hast Du recht!"

Er sah mich an: „Manchmal versteh ich die Deutschen nicht!"

„Alles gut Johnny, wir fahren nach Holwerd! Wann gehen eigentlich die Fähren?"

„Aaach … da gehen immer welche!"

„Wie bitte?"

„In Holland fährt immer ein Fährboot! Kein Problem! Du musst mehr vertrauen, Junge!"

Er lachte. Ich dachte nur, wenn´s nicht funktioniert: Immerhin ein schöner Ausflug und wir haben wenigstens die Nordsee gesehen.

Weiter ging es dann von Oldenzaal Richtung Zwolle. Der Empfang des NDR verschlechterte sich dermaßen, so dass ich mich gezwungen sah, eine meiner Kassetten ins Beckers zu schieben. Die mit der Aufschrift 70er-I. Meine 70ger-Serie umfasste drei 90er Kassetten. Alle liebevoll von mir zusammengestellt und aufgenommen. Na gut, einige Platten musste ich mir leihen, um überhaupt an die Songs zu kommen. Ich drückte Play und los ging´s mit „Radar Love“ von Golden Earing. Johnny war begeistert.

Auf der Straße hoch bis Wirdum legte der böige Wind Kilometer um Kilometer zu. Wir umrundeten Leeuwarden links. Halbwegs Hallum hatte sich der bis dahin ruppige Wind gefühlt in einen Sturm verwandelt. Gott sei Dank war es nicht mehr weit bis nach Holwerd und von der Kassette hämmerte es ´All right now´ von den Free. Dazu flogen auf der Beifahrerseite Johnnys Haare wild durch die Luft, headbanging at it´s best. Ich musste unwillkürlich lachen.

Da heute Silvester war, gab es kaum noch Verkehr und wir konnten mit optimaler Geschwindigkeit durch Nordholland rauschen und brauchten bis zum Anleger nach Ameland tatsächlich nur drei Stunden und zehn Minuten.

Als wir über den Deich fuhren sahen wir aus dem Käfer heraus sofort, dass die Fährkartenbude wegen des Sturms geschlossen war und die Wellen, von links kommend, dermaßen gegen die Kaimauer des Anlegers peitschten, dass dabei große Wolken von Gischt entstanden. Der Anlieger war kurz davor überspült zu werden und landunter zu gehen. Ganz am Ende des Anlegers lag noch ein Schiff. Voll beleuchtet, die Seitenklappe auf den Kai runter gelassen und offensichtlich auf irgendwas wartend.

„Das Fährboot, das Fährboot!", rief Johnny „Du musst Gas geben, das schaffen wir!"

„Niemals!“

„Gaaaaas!!!“, schrie er.

Scheiß drauf! Ich gab Gas. Je näher wir dem Schiff kamen, desto schlimmer schlugen Gischt und Meerwasser auf den Wagen. Genau jetzt lief ´Silver Machine´ von Hawkwind von der Kassette. Um mir Mut zu machen, riss ich die Lautstärke noch höher und schrie: „Gleich spült uns das von der Mauer!“

Johnny schrie erneut: „Gaaaaas!“

Schließlich erreichten wir das Schiff und ich fuhr stumpf über die seitliche Ladeklappe; keine zehn Pferde hätten mich ab da zur Rückfahrt bewegen können. Wie sich noch rausstellte, war es in der Tat eine der Inselfähren, aber eine für Güter und nicht für Personen. An Bord zwei Decksmänner, die standen jetzt vorm Käfer und schrien irgendwas, rissen ihre Arme hoch und machten Zeichen zurück zu fahren.

„Ich rede mit den Beiden!“, sagte Johnny seelenruhig, öffnete die Beifahrertür und hangelte sich hinaus. Die Decksmänner

flippten total aus und fluchten und beschimpf-
ten uns wie die Rohspatzen. Und zwar mit
allem, was sie in nicht jugendfrei auf dem
Schirm hatten. Da sie erst jetzt das deutsche
Kennzeichen sahen, ging´s ab da auch über
meine Vorfahren her.

Domme klootsakken!
Onbenullige idioten!
Verrotte stront!
Rot moffen!

Da war wirklich alles dabei, was das Herz
eines großen Fluchers begehrt. Johnny redete auf die Beiden ein, die sich daraufhin ein
klein wenig beruhigten. Er erklärte anscheinend die Lage, die aber schüttelten ihre Köpfe
und meinten, wir müssten trotzdem wieder
von Bord. Ich konnte Johnnys Gesten im
Sturmgeheul nur deuten: Er zeigte auf den
Anleger, die Wellen und die Gischtwolken
und fuchtelte dazu dramatisch mit den Armen in der Luft herum.

Auf dem Kai kam jetzt ein älterer
Hanomag, mit festgezurrten Kisten auf der
Ladefläche, aufs Schiff zugefahren. Die Ma-

trosen machten Zeichen, dass der noch hier drauf müsse. Johnny kam zum Wagen: „Fahr den Käfer ganz dicht rechts an die Planke!"

Ich tat wie mir geheißen, woraufhin die Decksmänner gleich wieder völlig ausflippten. Johnny sprang sofort auf sie zu und redete dann nochmal mit Ihnen, alles während er seine Arme um deren Schultern legte und die drei ihre Köpfe zusammensteckten. Als sie die Köpfe nach gefühlten dreißig Sekunden wieder hoben, fingen alle an zu lachen und wir durften an Deck bleiben.

Ich weiß bis heute nicht, was er denen erzählt hat. Der Hanomag wurde auch noch an Deck rangiert, es war kurz vor elf und los ging's. Wir mussten während der gesamten Überfahrt sicherheitshalber im Auto sitzen bleiben. Auch im Wagen eine ruppige und ungemütliche Angelegenheit.

Zum Glück hatte ich die Verpflegung eingepackt, von der wir nun was futtern konnten. Als sich der Stress ein wenig gelegt hatte, sprach ich Johnny auf die Russen in Afghanistan an. Er schien informiert zu sein und meinte „Ach, da sind schon so viel gewesen und alle sind wieder weg. Da is nix, nur Steine und Sand! Afghanistan ist wie eine Mühle, das Land mahlt Feinde wie Mehl.“

Dann zählte er Alexander den Großen, die Engländer, die Araber und die Iraner auf, die alle in den letzten zweitausend Jahre vergeblich schon mal dort gewesen waren, um das Land zu unterwerfen.

„Und viele andere! Alle wieder raus!“, lachte er. Mich beruhigte das ein wenig.

Eine Stunde später legte der Kahn im Hafen von Nes an und wir fuhren von Bord. Die Decksmänner lachten und winkten. Mir war das ein Rätsel, wie Johnny Menschen dermaßen für sich vereinnahmen konnte?! Im wirklich positivsten Sinne vereinnahmen. Unglaublich.

Das eigentliche Wunder dieser Fahrt aber war, dass wir überhaupt auf der Insel gelandet waren. Ich lenkte den Wagen erst mal ins Stadtzentrum von Nes, einfach nur um von Wind und Gischt wegzukommen.

Kapitel 6

Auf der Insel

In Nes selber fuhr ich im Schritttempo ziellos durch den Ort; Sightseeing by Autotour. In welche Straße wir auch einbogen, schöne, kleine, alte Häuser. Dörflicher Charakter, wohin man sah.

„Da! Kuck! Ein Chinese!", sagte Johnny, als wir an einem solchen vorbeifuhren.

„Wo müssen wir denn jetzt hin?", fragte ich ihn.

„Das weiß ich nicht …!"

„Wie? Das weißt Du nicht? Hast Du keine Adresse von Pille und Ulf?"

„Nee, woher?"

„Na toll! Und was machen wir nun? Wolldecke kaufen und im Auto schlafen?"

Für den Fall eines Falles hatte ich immer eine Decke im Wagen liegen, was ich aber meinte war, dass Johnny sich noch eine hätte kaufen müssen.

„Du musst mehr vertrauen, Junge! Wir sind schon auf dem richtigen Weg."

Ich war fassungslos und malte mir direkt aus, wie es wohl werden würde, wenn wir die Beiden nicht fänden: Silvester bei Kälte, Regen, Sturm und mit Frust. Im Auto übernachten. Tolle Aussichten!

Das einzig Tröstliche war, dass es erst kurz nach Zwölf war und die Geschäfte noch eine knappe Stunde geöffnet hatten. Genug Zeit für Noteinkäufe, eventuell sogar ´ne Wolldecke. Johnny war gut drauf und ließ sich von solchen Kleinigkeiten nicht die Laune verderben.

„Fahr mal da vorne links!"

„Fahr mal da vorne rechts!"

„Wir finden die schon!"

Ich folgte seinen Anweisungen, bis wir nach ca. zwanzig Minuten den Ort komplett durchkämmt hatten.

„Fahr mal da durch den Zaun!"

Er meinte eine nicht ganz zwei Meter hohe, immergrüne Hecke mit schmaler Durchfahrt.

„Nix da, das sieht privat aus!“

„Nee, fahr da mal durch!“

Ich bog links ab und fuhr durch das Loch in der Hecke. Vor uns tat sich ein größerer Parkplatz auf. Ein Wagen, der den Platz grad verlassen wollte, kam uns entgegen. R4! Deutsches Kennzeichen! Ich fiel aus allen Wolken: Ulf hinterm Steuer und Pille daneben. Die waren mit dem R4 losgeschickt worden, noch Kaffee, Salz und Toastbrot zu kaufen, dass auf dem Ferienhof drohte zur Neige zu gehen. Johnny guckte mich verschmitzt an: „Du musst mehr vertrauen, Junge!“

Ich war kopfschüttelnder weise völlig baff, ratlos, sprachlos und schwer irritiert. Er hatte nicht eine Sekunde daran gezweifelt die Beiden auf der Insel zu finden, egal wo. Für mich war er ab diesem Zeitpunkt nur noch der Ahnende!

Jetzt sprangen aber erst mal alle aus den Fahrzeugen, quietschten ein wenig vor Freude und umarmten sich. Der Parkplatz auf dem wir gelandet waren, gehörte, schön versteckt, zu einem Supermarkt. Da der Laden noch eine halbe Stunde geöffnet war, nutzten wir das für einen Jahres-Schlusseinkauf. Eine Kiste Heineken-Bier, Zigaretten, Käse, Butter und zwanzig Brötchen. Den Einkauf im Käfer verstaut und dann dem R4 zum Ferienhaus hinterhergefahren. Dies lag von Nes aus gesehen auf ungefähr halbem Weg nach Ballum. Es handelte sich dabei um ein längliches, einstöckiges Gebäude mit vielen Dachfenstern, da der Boden offensichtlich ausgebaut war. Nicht viel älter als 15 Jahre und genau so schlicht, wie man Häuser dieser Bauart aus Holland kannte. Ebenerdig und in der Mitte des Hauses ein freizügiger Gemeinschaftsraum für vierzig bis fünfzig Leute. Daneben eine gut ausgestattete, große Gemeinschaftsküche und zwei Vorratsräume. Auf der anderen Seite des Hauses zwei sanitäre Räumlichkeiten, in denen sich gleichzeitig bis zu je fünfundzwanzig Gäste reinigen konnten; daran anschließend mehrere Zweibettzimmer, für Begleitpersonen gedacht.

Unterm Dach ging´s weiter mit fünf Sechsbett- und drei Vierbettzimmern, verteilt auf zweidrittel der Dachbodenfläche. Ausschließlich Hochbetten. Die durchgehende Mauer, an der die Treppe heraufführte, war gleichzeitig Teiler des Hauses und des Bodens. In der Mauer eine Tür, hinter dieser ein Lager mit Ausstattungsreserven. Wie sich herausstellte, der totale Glücksfall, erst für Ulf und Pille und jetzt eben auch für Johnny und mich. Der ganze Raum lag voll mit Matratzen, überall waren kreuz und quer weiße Laken zwischen den Dachspanten zum Trocknen aufgehängt und in mehreren Schränken lagen reichlich Decken und Bezüge. Wegen der vielen hängenden Laken ein geradezu irreales, schallgedämpftes Ambiente.

Doch bevor wir dort einziehen konnten, mussten wir das Problem unserer Unterkunft grundsätzlich klären. Also ging es als erstes zur Gruppenleiterin. Pille erklärte ihr die Lage.

Ja, also nein, eigentlich nicht - aber gut, wegen des angekündigten Sturms - aber nur übernachten, sonst nichts. Und gleich morgen wieder abreisen.

Für uns kein Thema, wir wollten eh morgen wieder nach Haus. Ulf und Pille schlossen sich uns sogar an, doch davon wussten wir zu diesem Zeitpunkt noch nichts. Wir holten unsere Taschen und stiefelten die Treppe hoch. Ulf und Pille hatten sich, von der Tür aus besehen, hinten links in der Dachschräge ein richtiges Nest aus diversen Matratzen und Wolldecken gebaut. Das hatten sie gemacht, weil sie nicht in einem der kargen, leicht deprimierenden Doppelzimmer mit Stahlgestell-Betten nächtigen wollten.

Johnny und ich richteten uns direkt an der Mauer, jeweils rechts und links unter der Dachschräge, ein. Bei so viel Überfluss legte ich mir zwei Matratzen übereinander. König auf der Erbse!

„Sind alle hier?", fragte Johnny recht laut, denn sehen konnten wir uns vor lauter Tüchern nicht.

Es folgte ein dreistimmiges Ja!

„Was nu tun?", fragte er.

„Kaffee und Kuchen!", antwortete Ulf. Der lief dann auch gleich nach unten und kam eine viertel Stunde später mit einem vollen Tablett zurück. Da drauf je vier kleine Stückchen Torte, Keramikbecher, Teller und Löffel plus einer Thermoskanne voll Kaffee, dazu Kondensmilch und Zucker.

Wir ließen uns nieder, kuschelten uns förmlich ein, saßen mit gekreuzten Beinen im so schön gebauten Nest. Draußen rüttelte der beginnende Sturm am Dach, heulte um die Ecken und durch die Türritzen - drinnen gab es Apfeltarte mit Zimt. Es war der vollkommene Moment.

Mindestens eine viertel Stunde lang sagten wir gar nichts und ließen nur den himmlischen Kuchen auf uns wirken.

Vielleicht noch etwas Dösen und liegend auf den Abend warten, schien angemessen zu sein. Miteinander plaudernd verging langsam die Zeit.

Wir lagen noch von Kaffee und Kuchen ermattet auf den Matratzen und gaben uns dem wunderbaren Nichtstun hin, als Pille plötzlich rief: „Noch einmal dies Jahr das Meer sehen!"

Sie sprang auf.

„An den Strand, an den Strand!"

Ulf sah sie mit großen Augen an. Johnny schien irritiert. Ich dachte nur: Bei dem Kackwetter?! Aber Pille durchwühlte schon ihren Koffer, zog sich die Schuhe an, die Jacke über, und band sich ihren bunten Zwei-Meter-Schal um Hals und Kopf.

An der Tür zur Treppe rief sie noch mal in unsere Richtung: „Los, das macht Spaß!"

Das war genau das, was ich bezweifelte. Aber es gab kein Halten mehr. Alle Vier bei regnerischen Sturmböen in mein Auto und los ging´s.

Auf Höhe Ballum rief Ulf: „Links rein, das müsst ihr unbedingt sehen!"

Ich bog mit meinem Käfer links ab. Direkt hinein in den Flecken, denn mehr war Ballum nicht. Es sah ein wenig aus, wie in ein friesisches Fehndorf ohne Kanal. Ein Hotel, eine Kneipe, eine Kirche, rechts und links der Straße Häuser - aber was für welche! Ich hatte noch nie so pittoreske, schöne, uralte Häuser gesehen, die nicht in einem Museumsdorf standen, sondern in denen schlicht gelebt wurde.

Ich hielt an. Das musste ich mir unbedingt ergehen. Die anderen stiegen auch aus und wandelten mit mir durch diese beinah mystische Szene. Der ganze Ort war, besonders rechts und links der Straße, mit Bäumen durchsetzt, die vom ständigen Nordwestwind ganz schräg gewachsen waren und in fast jedem Haus war noch ein Weihnachtsbaum aufgestellt. Die Tatsache, dass nirgendwo Gardinen vor den Fenstern hingen, ließ den ganzen Ort in sanftem Licht erstrahlen. Bedingt durch das Dämmrig-Diesige und die kalten, ruppigen Böen verstärkte sich der Effekt alles umfassender Wärme gefühlstechnisch ins fast Unendliche. Eine Szene für die Ewigkeit, wenn sie auch wie kitschige Postkartenromantik wirkte, nur in Echt. Vielleicht genau deswegen.

Nach zehn Minuten Kucken und Laben wieder ab in den Käfer. Zurück zur Hauptstraße, dort Richtung Hollum. Pille wusste genau, wohin sie wollte, da sie zwei Tage zuvor mal dort gewesen war. Weit vor Hollum schon zu sehen der Leuchtturm ´Fuurtoren Ameland´. Genau das war ihr Ziel.

Wir hielten auf dem Parkplatz in der Nähe des Leuchtturms, kurz vorm Strand. Pille saß hinten und stieg als letzte aus.

„Hui!", rief sie und rannte im gleichen Augenblick los. Erst den Sandweg hoch in die Dünen, dann Richtung Meer. Wir ließen es langsamer angehen, knöpften als erstes unsere Jacken zu und umwickelten danach unsere Hälse mit den Wollschals.

Den Dünenweg hoch fragte Johnny, ob es heute Abend irgendeine Party oder Feier gäbe. Ulf meinte, es wäre nur gesagt worden, um neun Uhr im großen Gemeinschaftsraum treffen.

Da eine wahrscheinlich calvinistisch-lutherisch angehauchte Feierlichkeit zu erwarten war, musste mit puritanischer Genügsamkeit gerechnet werden. Deswegen war ich jetzt ganz froh, noch direkt mittags die Kiste Bier im Supermarkt von Nes gekauft zu haben.

Kapitel 8

Am Strand

Im Sand die Dünen hochkraxeln war ein wirklich kräftezehrender Akt. Als wir auf dem Kamm der Düne ankamen, mussten wir schwer Atmen und mehrere Male langsam tief Luft holen. Wir waren völlig fertig!

„Nix gewöhnt!" keuchte Johnny.

Hier oben, so völlig ungeschützt, wurde uns klar, dass es sich mittlerweile um einen richtig ausgewachsenen Sturm handelte. Wir hatten Mühe, uns auf den Beinen zu halten. Die Flut stand kurz vor ihrem Scheitelpunkt und war laut Wetterbericht anderthalb Meter höher als das sogenannte Mittlere Hochwasser.

Wir sahen von der Düne hinunter, und in der Tat, vom Strand war kaum noch was zu sehen. Da das Wasser so hoch stand und die letzten zwei- bis dreihundert Meter zum flach ansteigenden Strand auflief, waren die Wellen dem entsprechend. Sie brachen teils spektakulär, da die Kämme schon weit vor dem Land kippten. Sich überschlagend rauschten sie bis kurz vor den Fuß der Dünen. Bilder wie aus einer Dokumentation im Fernsehen.

„Wo ist Pille?", rief Ulf.

Wir hielten Ausschau, konnten aber erst mal nichts entdecken. Im gischtreichen Nachmittagslicht war es überhaupt recht schwierig, Formen zu erkennen.

Pille tanzte auf dem verbliebenen Reststrand, hob die Arme und ließ ihre Jacke im Sturm wie eine Fahne knattern.

„Hui! Hui! Hui!", rief sie in das Getöse. Wegen des hohen Luftdrucks durch die enormen Böen konnte sie kaum atmen. Um tiefer Luft holen zu können, musste sie sich immer mal wieder mit dem Rücken zum Wind drehen. Ein langgezogenes, aus allen Leibeskräften rausgeschrienes „Aaaaahhhh!" drückte ihren totalen Glückszustand aus. Zugleich auch ihr Gefühl, mit dem Sturm, dem Meer, der Insel, anscheinend dem gesamten Planeten, eins zu sein.

Wieder stemmte sie sich gegen den Wind und schrie vor lauter Lebenslust. So lebendig hatte sie sich schon seit Ewigkeiten nicht mehr gefühlt. Als sie sich zum Atmen umdrehte, sah sie uns auf der Düne stehen und nach ihr Ausschau halten. Sie winkte wild mit beiden Armen und machte springenderweise den Hampelmann.

Jetzt sahen wir sie auch und winkten zurück. Das machte für sie die Situation noch perfekter. Es durchfluteten sie geradezu unerträgliche Glückszustände.

Und schon rannte sie wieder den Strand hoch und runter.

Wir versuchten im Gänsemarsch ohne hinzufallen durch die Sandfurt nach unten zu kommen. Mehr gleitend, als gehend und die Arme zum Balancieren auseinanderhaltend. Es muss ausgesehen haben, wie die Szene in einem Monty-Python-Film; nur, dass keiner lachte.

Nach wie vor stob Pille auf dem schmalen Strand hin und her. Mittlerweile hatten wir es geschafft ebenfalls dort anzukommen.

Das Meer tobte und der Sturm rüttelte und fetzte an unseren Klamotten. Der Lärmpegel erlaubte nichts, außer geschriene Worte. Aus ca. einhundert Meter Entfernung rannte Pille auf uns zu. Kurz bevor sie uns erreichte streckte sie die Arme aus und fing an uns wie ein Flugzeug zu umrunden, so wie Kinder es machen.

Die zwei Satzfetzen, die ich meinte zu hören, waren: „Ich liebe euch!" und „Das Meer ist mein Freund!"

Daraufhin tanzte sie springend in Richtung Wasserkante. Das Wort „Freund …" hörte ich noch mal und schon stand sie dort, wo die Wellen ausliefen und rannte genau dort hoch und runter.

„Das ist doch Scheiße!" schrie Johnny. Aber da war es schon zu spät, eine ausgesprochene Riesenwelle ging auf den Strand nieder, erfasste Pille, warf sie um, begrub sie unter sich und wälzte sie mehrere Meter hoch in Richtung Düne. Sie schrie, konnte sich allerdings mit letzter Kraft gegen das rücklaufende Wasser im Sand festkrallen.

Wir hechteten förmlich auf sie zu, packten sie, hoben sie hoch und rannten dann, sie untergehakt, den verbliebenen Strandsaum hoch, immer Richtung Düne. Als wir den halben Weg in sicheres Gebiet geschafft hatten, überfiel uns noch mal eine schon gebrochene Welle von hinten, sodass wir bis zu den Waden von Wasser umspült wurden.

'Die hätte sie nicht überstanden´ war mein einziger Gedanke.

Komplett durchnässt, die Haare im Gesicht hängend, starrte Pille wirr und völlig abwesend vor sich hin, während wir sie, halb ziehend, halb tragend, die Düne hoch schleppten. Als wir, völlig aus der Puste, oben angekommen waren, schrie Ulf: „Weiter! Weiter! Gleich weiter!“, und wir rannten auf der Rückseite der Düne den Weg runter bis zum Käfer. Auf dem Rücksitz lag ja meine Decke, in die wir Pille erst mal wickelten und abrubbelten. Sie ließ sich dann quer auf den Beifahrersitz sacken, die Beine weiterhin draußen lassend. Wir hatten vom Strand bis hierher kein Wort miteinander getauscht.

Pille guckte uns an: „Das Meer ist …
das Meer ist …“, es entstand eine ziemliche
Pause, in der sie sichtlich und hochemotio-
nal nach einem Wort rang, dass ihrer unglaublichen Wut und maßlosen Enttäuschung über
den vermeintlichen ´Freund´ Ausdruck ver-
lieh. Das Wort wäre ´Scheiße´ gewesen! Sie
wusste es, konnte sich aber nicht dazu durch-
ringen, es auszusprechen, da sie diesem
´Freund´ schwingungstechnisch nicht so viel
negative Energie zumuten wollte.

So blieb es bei einem halbverheulten
“… plööt!“, gefolgt von einem hemmungs-
losen Weinkrampf.

Alles war so maßlos enttäuschend! Das
Meer, die Welt, die Situation, das Studium,
die Wohnung - das komplette Leben - einfach alles!

Ulf, Johnny und ich standen einen win-
zigen Moment ratlos neben dem Wagen. In
der nächsten Sekunde beugte Ulf sich zu ihr
runter und nahm sie in den Arm, Johnny blies
Luft durch die Nase, begleitet von einem hilf-
los fragendem „Hmm …?!“

Ich verstand die ganze Das-Meer-ist-mein-Freund-Nummer überhaupt nicht. Durch meinen Job als Koch hatte ich in Münster zwei ostfriesische Kolleginnen kennengelernt; eine vom „hinterm Deich" aus Dornumersiel, die andere gebürtig von Baltrum. Friesinnen durch und durch, eine sogar klischeehaft rothaarig. Mein schönes Vorurteil, dass es doch super sei, dort zu arbeiten und Spaß zu haben, wo andere Urlaub machten, hatten mir die Beiden gründlich zerstört. Denn im Laufe einiger Gespräche wurde mir klar und deutlich vermittelt, dass Friesen nicht in die Nordsee baden gehen. Grundsätzlich nicht!

Warum sollten sie auch in etwas plantschen, was sie seit tausenden von Jahren bekämpften und das immer und immer wieder versuchte, ihr Leben, ihre Häuser, ihre Höfe, ihre Familien, ihr Hab und Gut zu vernichten? Mir leuchtete das ein: Mit seinem Feind geht man nicht ins Bett!

Um nicht zu erfrieren. bekam Pille zusätzlich zur Decke noch Ulfs Jacke verpasst, sie zitterte aber trotzdem wie Espenlaub, da sie nichts zuzusetzen hatte. Energietechnisch wie emotional keine Reserven, immer am Limit. Wir fuhren vom Parkplatz und machten uns auf in Richtung Ferienhof.

Mittlerweile war es dunkel geworden und der schwere Wind peitschte den Regen so heftig übers Land, dass man die einzelnen, großen Tropfen auf sich einschlagen fühlte. Im Auto wurde es besser, auch wenn Pille hörbar die Zähne klapperten und sie sich vor Zittern und Wut kaum wieder beruhigen konnte.

Völlig unpassend lief ausgerechnet jetzt ´Have You ever seen the rain´ von Creedence Clearwater Revival auf der Cassette. Ich ließ es trotzdem an, weil es so schön traurig war.

Während der weiteren Rückfahrt gewann man nicht den Eindruck, dass der Sturm nachlassen würde, ganz im Gegenteil.

Kapitel 9

Silvesternacht

Von der Fahrt zurück, standen wir den Bruchteil einer Orientierungslosigkeit im Eingangsbereich des Ferienhauses und sahen uns gegenseitig an. Ohne was zu sagen, regelte sich dann plötzlich alles Weitere von alleine. Pille blieb unten und lief, mit der Decke als Umhang, direkt durch zu den Duschen, um ihre Kerntemperatur auf Trab zu bringen. Ulf flitzte währenddessen nach oben und holte ihr frische, trockene Wäsche. Johnny und ich gingen ebenfalls nach oben, blieben aber direkt dort, wechselten erst mal unsere von Seewasser getränkten Hosen, die wir dann zum Trocknen auf zwei Heizkörper legten.

Ich hatte für Notfälle, Gott sei Dank, eine lange Turnhose eingepackt; Johnny musste sich erst mal mit einem Badetuch um die Hüften behelfen. Nach ca. zwanzig Minuten war Pille mit Duschen durch. Ihr Körper war durch das heiße Wasser wieder auf Normaltemperatur gebracht worden. Dick angezogen, aber immer noch fix und fertig, kam sie mit Ulf durch die Tür. Da Johnny und ich grad beieinanderstanden, sah sie uns an, nickte mehrere Male ganz leicht mit dem Kopf und flüsterte: „Danke!"

Dann legte sie sich hin und fiel in einen tiefen Schlaf. Ulf wechselte auch die Hose und wir gingen leise nach unten in den Gemeinschaftsraum. Auf jedem Tisch stand eine Schale mit alten Weihnachtsplätzchen. Wir setzten uns und taten uns gütlich daran.

Wasser, Milch, Apfelsaft, Kaffee, Kakao und Tee befanden sich in großen Kannen, Flaschen und Thermogefäßen neben der Essensausgabe der Küche und waren für alle im Haus frei zugänglich. Wir bedienten uns erst mal reichlich, denn was Warmes tat auch uns jetzt gut.

Ab und an lugte ein Jugendlicher durch eine der offenen Türen, sah nur uns drei an einem Tisch sitzen und verschwand wieder. Uns war's recht.

„Das war ja was …!“, begann Johnny nach einer gewissen Zeit des Schweigens.

Ulf und ich unisono: „Ja!“

Das war′s dann allerdings schon wieder mit einem Gespräch über das vorhin Erlebte. Wirklich drüber reden wollten wir anscheinend nicht, hatten das Gefühl, das ganze Ereignis müsse erst mal sacken und sich setzen. Wie lange das dauern würde, war in diesem Moment keinem von uns klar; länger auf jeden Fall.

„Mal kucken, was das Wetter macht?“, brabbelte ich gedankenverloren vor mich hin. Dafür waren die beiden anscheinend ziemlich dankbar, standen sofort auf und gingen in Richtung Haustür, ich trottete hinterher. Vor dem Haus kachelte der Sturm mittlerweile mit einer Heftigkeit, die vorhin nur am Strand zu spüren war.

„Das kann ja was werden …!“, schrie Ulf uns an.

Wir gingen rund um die Ferienanlage, um sicher zu sein, dass auch alles sturmfest war, inklusive meines Käfers, den ich im Zuge dieser Aktion komplett versetzte. Ich fuhr ihn ums Haus und dort dicht an die Rückwand, sozusagen in den Windschatten des Gebäudes; jetzt, da noch genug Licht war, um die Umgebung zu erkennen.

Dann wieder ab nach oben. Der schwere Sturm ließ das Gebälk stöhnen und knarzen. Wir legten uns alle hin. Pille schlief eh noch. Momente später ratzten auch wir.

Knapp zwei Stunden später holte uns ein ohrenbetäubender Knall aus dem Schlaf. Der Sturm hatte sich in einen ausgewachsenen Orkan verwandelt und irgendwas gegen das Dach geschleudert. Es zerrte und tobte mit einer Heftigkeit am Obergeschoss, dass wir direkt beschlossen nach unten zu gehen und sicherheitshalber dort zu bleiben. Erst mal. Im sicheren Gemeinschaftsraum saßen die Kids, Teens und Begleitpersonen zusammen und starteten ihre Silvesterparty mit Cola, Fanta und zwei Säften. Einige Erwachsene gossen sich aus schlecht versteckten Flaschen verstohlen billigen Wein in die Kaffeebecher. Dazu schmückten jetzt Girlanden und buntes Konfetti den Raum, während Salzstangen und Erdnüsse auf den Tischen die Festivität abrundeten.

„Nix für mich!"

Ich ging zur Ausgangstür, die drei hinter mir her.

„Die Kiste Bier steht noch im Auto."

Johnny verdrehte die Augen, weil er gleich begriff, was das hieß. Wenn Angie, die Leiterin dieser Herberge, schon heute Mittag von dem Bier gewusst hätte, wär´s das gewesen mit hier übernachten. War uns allen klar, weshalb wir ab jetzt versuchten, den steten Nachschub so unauffällig wie möglich aus dem Wagen zu organisieren. Nachteil dieser Aktion war, dass wir dafür jedes Mal durch den Orkan auf die Rückseite des Hauses mussten, um ein paar Flaschen zu holen.

Ich kämpfte mich als erster durch. Es war kaum auszuhalten. Eiseskälte, unfassbar peitschender Wind in Kombination mit üblen dicken Regentropfen, die einen anscheinend verprügeln wollten. Und auf dem Rückweg hatte ich ärgste Probleme die Flaschen in den Händen zu behalten und während dieser Aktion nicht auf jedem Meter umgeweht zu werden.

Am Auto selber, auf der windabgewandten Seite der evangelischen Belustigungsanstalt, war die Situation völlig entspannt, fast ruhig, wenn man vom Lärm des Orkans mal absah.

Ich war wieder zurück und hielt den anderen, die noch draußen vor der Tür standen, das Bier hin. Pille nahm eine Flasche und schrie: „Ich nicht!"

Ich wollte ihr das Bier wieder abnehmen, doch sie ergänzte: „Bier holen!" Alles klar! Kein Thema!

Wir verkrochen uns in die Ecke eines rechtwinklig zum Hof angebauten Fahrradschuppens. Hier war´s einigermaßen erträglich.

„Ein klein bisschen anders hatte ich mir Silvester schon vorgestellt!", rief Ulf.

„Ooooch, mir gefällt das ganz gut!", kam es von Johnny, der dann seinen seit zwei

Minuten andauernden Versuch sich eine Selbstgedrehte anzustecken fortsetzte. Pille und ich nickten nur. Nach einer Weile erkämpfte Ulf uns die zweite Lage Bier, die wir dann in den Manteltaschen versteckten, weil wir zurück ins Haus wollten. Ich spionierte durch den Spalt einer angelehnten Tür in den Gemeinschaftsraum.

„Marianne! Erzähl Du uns doch mal von deinem schönsten Silvestererlebnis!"

Auf allen Tischen standen jetzt Kerzen. Ich zog meinen Kopf zurück, sah die anderen an und meinte: „Dat is nix für uns!"

Wir verdrückten uns in einen menschenfreien Raum mit darinstehender Tisch- und Sitzgarnitur; direkt neben der Verpflegungsküche. Der war vermutlich, wegen der rundum angebrachten Regale, als Trockenlager für Lebensmittel angelegt und da nicht in Gebrauch, vom Küchenpersonal zum Aufenthaltsraum umfunktioniert worden.

Hier war´s ruhig und sicher. Vor allen Dingen sicher, denn ab und an waren die Orkanböen dermaßen heftig, dass man glaubte, dass ganze Haus würde sich biegen und das Dach gleich weggerissen.

Johnny hüpfte mal kurz nach oben, um ein paar verbliebene Mettwürste und gekochte Eier zu holen, kam damit zwar zurück, sagte aber: „Da geh ich nicht nochmal hoch, das Dach fliegt gleich weg!"

Vor der Tür hörten wir Angie mit ihrer Vertretung. Sie sagte: „Wenn´s nicht anders geht, schlafen die Kinder heute Nacht hier unten im großen Raum!"

Wir waren also nicht die einzigen Schisshasen im Gebäude.

Unsere Gespräche drehten sich die nächsten zwei Stunden nur um Dinge, die uns selbst betrafen. Ulf plante eine weitere Tournee für den kommenden Sommer, bevor er das Projekt seiner Schallplatte in Angriff nehmen konnte, Johnny wollte ´irgendwas´ mit ´Soziales´ machen, meinte aber in erster Linie, dem alten Henk helfen; ich träumte davon, eines Tages ein kleines Restaurant zu besitzen; ganz klein, für ganz wenig Gäste, am liebsten nur für Freunde.

Pille wollte einfach nur fertig werden mit ihrem Studium und allem anderen halt, was sie daran hinderte, ein einigermaßen planbares Leben zu führen. Kleine Wünsche, die von nichts Großem kündeten, allerdings auch nichts Großes verhießen; an solchen Tagen wird die Welt eben klein. Aber es waren unsere Wünsche! Und nicht die Anderer, die wir glaubten erfüllen zu müssen.

So verstrich der Abend langsam, fast besinnlich. Jeder von uns schmückte die nächsten zwei Stunden seine Träume aus. Der Orkan nahm währenddessen weiter zu. Gegen zehn tat es auf einmal einen fürchterlichen Knall, so als wenn etwas Schweres gegen das Haus gekracht wäre. Die Kids nebenan schrien wohl eine Minute lang, genau so lang brauchten danach die Erwachsenen, sie wieder zu beruhigen. Ab genau diesem Zeitpunkt wurde der Orkan anscheinend nicht stärker. Erst kaum merklich, dann doch immer deutlicher ließ er nach. Wir waren wohl raus, aus dem engsten Kreis der Isobaren. Erleichterung in der Runde.

Kurz vor Mitternacht ließ ich mich zu dem Satz „Nur noch Sturm!", hinreißen, dem allgemein mit Kopfnicken zugestimmt wurde. Wir waren erstaunt, wie schnell sich an der See die Wetterlage ändern konnte und beschlossen erneut rauszugehen. Einmal rund ums Haus zum Wagen, da man von dort aufs Festland sehen konnte. Im Windschatten der Butze war es, von Bier angesäuselt, nun gut auszuhalten. Immer wieder waren kräftige Böen zu hören, aber insgesamt war es doch recht friedlich.

„Wenn´s geht, fahren wir morgen mit euch zurück. Ist das ok?", fragte Pille. Ich nickte: „Klar!"

Nach einer gewissen Zeit hörten wir, wie die Feiergemeinschaft im Haus von zehn auf Null runterzählte und in Jubel ausbrach. Wir stießen nur still miteinander an. Weit entfernt auf dem Festland gingen jetzt Raketen und Feuerwerk hoch. Die brennenden Leuchtkugeln schafften es bis in eine gewisse Höhe und wurden dann vom Sturm waagerecht weggetrieben. Ein irrwitzig romantisch-poetisches Bild. Keiner von uns hätte das verpassen wollen - für kein Geld der Welt. Wir waren bis auf die Knochen ergriffen und starrten minutenlang in das glitzernde Spektakel. Dass man wegen der Entfernung und des Sturms kein Knallen und Krachen hören konnte, machte dieses förmlich lebende Gemälde noch unwirklicher, noch schöner.

Als nach zehn Minuten alles vorbei war, atmeten wir tief durch, bevorrateten uns nochmal mit den restlichen Bierflaschen und stiefelten zurück ins Haus, die Treppe hoch in unser Matratzenlager. Dort redeten wir noch weiter, tranken das gesamte Bier weg und ließen, mittlerweile völlig entspannt, alles und jedes von uns abfallen, stiegen irgendwann in unsere selbst gebauten Betten und schliefen ein; tief und fest.

Endlich Ruhe.

Kapitel 10

Mama Shue

Als wir wieder wach wurden, war es kurz vor acht. Bis neun gab es Frühstück, da hieß es, sich zu beeilen. Ohne Morgenwäsche ging´s gleich in den Frühstücks- bzw. Gemeinschaftsraum. Erstaunlicherweise waren alle anderen schon wieder verschwunden, auf den Zimmern oder unterwegs.

Wir packten ein Tablett mit Frühstückskram voll, dazu zwei Thermoskannen Kaffee und entehrten den einzigen Tisch der komplett an einem Fenster stand und von dem aus man ein Großteil der Insellandschaft überblicken konnte. Da wir immer wieder nachdenklich-verträumt hinausblickten, war der gesamte Verlauf des Frühstücks recht wortkarg.

Gegen neun waren wir damit durch und lasen beim Verlassen des Raums am Anschlag, dass wegen des gestrigen Orkans und einigen daraus resultierenden Problemen, nur zwei Fähren gingen. Die erste um vierzehn Uhr dreißig und zweite um achtzehn Uhr. Wir einigten uns darauf, die erste Fähre zu nehmen, schon um elf den Ort der Feierlichkeiten zu verlassen, um in Nes eine kleine Ortsbegehung zu veranstalten und eventuell noch ein Café aufzusuchen.

Pittoreske, kleine, alte Ortschaften - aus irgendeinem Grund standen wir drauf.

Seit gestern Nachmittag war es innerhalb unserer Gemeinschaft spürbar stiller geworden. Das gestrige Erlebnis hatte uns nachdenklicher werden lassen. Fast stumm packten wir unsere Koffer, Taschen und Beutel, ich fuhr den Käfer vor die Eingangstür und dann begannen wir, die Klamotten einzuladen.

Pille und Ulf hatten das R4-Pärchen informiert, dass sie heute mit Johnny und mir zurück nach Gronau fahren würden. Soweit war alles geregelt. Schnell noch bei Angie dankend verabschiedet und los ging´s. Wir fuhren direkt zum Anleger und stellten den Wagen in die vorderste Reihe, um auch ja bei der gleich ersten Überfahrt mitgenommen zu werden. Gemütlich spazierten wir dann von dort ins Dorf. Wir konnten uns kaum sattsehen an den schönen kleinen Backsteinhäuschen, die eine Gemütlichkeit ausstrahlten, die wir aus Deutschland einfach nicht kannten. In jeder Straße gab´s was Anderes zu entdecken, wenn auch nur graduell unterschiedlich. Kurz vor zwölf bogen wir in die Gasse ein, in der Johnny gestern den Chinesen entdeckt hatte.

Vor dem Lokal war die ganze Straße rot vom Papier der Böller und Knaller, außerdem alles übersät mit Holzstöcken von abgebrannten Raketen und sonstigen silvesterbedingten Feierrückständen wie Flaschen, Pappbechern und Girlanden.

„Mit wem haben die sich denn bekriegt?", fragte Ulf.

„Nix Krieg". meinte Johnny. „Silvester ist der höchste Feiertag für die Chinesen! Das ist normal so!"

Um diese Erkenntnis reicher sahen wir ihn nickend an; höchster Feiertag - aha!

Just als wir weitergehen wollten, öffnete sich die Restauranttür und eine ältere Frau kam mit einem Besen in der Hand heraus, fing an den Müll fortzufegen.

„Wir wollen Kaffee trinken?", fragte Johnny.

„Ja, aber in einem Café!", war meine Antwort.

Doch das störte Johnny nicht, und er flitzte direkt auf die chinesische Frau zu. Wie immer so schnell und mit dermaßen viel Energie, dass die Gute direkt einen Schritt zurückwich, als er auf sie zuschoss und ihr dabei ein klein wenig zu nahe kam. Er redete kurz mit ihr. Zuerst machte sie eine abwehrende Geste, er sprach noch mal mit ihr, einige Sekunden später lachte sie und Johnny drehte sich zu uns um: „Das hier ist Mama Shue, und der Coffie is klar!"

Dabei grinste er übers ganze Gesicht.

Wir durften uns dann schon mal im Laden an einen Tisch setzen, während Mama Shue noch vor der Tür so lange weiterfegte, bis alles wieder blitzblank sauber war. Dann kam sie zurück ins Lokal und Johnny sprang direkt auf sie zu, umarmte sie und machte zwischen den Tischreihen, mit ihr im Arm, tanzähnliche Bewegungen. Sie lachte, irgendjemand kam aus der Küche und lachte auch, sagte dann auf chinesisch was zu Mama Shue. Die drehte sich zu uns um: „Essen fertig! Kaffee gibt auch! Ten Gulden für ein Person!"

Alles klar, wir schlugen zu. Erwarteten für den Pauschalpreis allerdings ein entsprechendes Gericht. Momente später wurde innerhalb kürzester Zeit unser Tisch mit den tollsten Leckereien, die man sich denken konnte, über und über bepackt.

Wir waren an deren höchsten Feiertag ihre Gäste und sie ließen uns an ihren Köstlichkeiten teilhaben. Für lächerliche zehn Gulden wurde uns aufgetragen, als wären wir beste Freunde der Familie. Auf zwei zusammengeschobenen Nebentischen wurde genauso aufgefahren und dann setzte sich dort die gesamte Großfamilie nieder. Uns wurden noch mehrere Flaschen Tsing-Tao-

Bier auf den Tisch gestellt, während die Familie selber sich Shiaoxin eingoss. Warmer Reiswein wie ich erfuhr. Wir blieben bis kurz vor vierzehn Uhr. Bis dahin kam Mama Shue immer wieder zu uns an den Tisch, lachte und verneigte sich, fragte wiederholt, ob es auch allen schmecken würde.

Aufgrund des Weins wurde die Familie, asiatisch ungewohnt, immer lockerer und prostete uns ständig mit den Reisweinschälchen zu. Alle lachten und freuten sich. Wir waren völlig baff.

Als wir den mehr oder weniger symbolischen Preis für dieses Festmahl bezahlt hatten und gehen wollten, bekam jeder von uns noch einen hölzernen Mattenkalender in die Hand gedrückt und wurde mit den besten Wünschen der gesamten Familie fürs neue Jahr verabschiedet, das Jahr des Affen.

Vor der Tür nahm Johnny noch einmal Mama Shue in den Arm und flüsterte ihr was ins Ohr. Sie lachte und hatte gleichzeitig Tränen in den Augen. Er hatte sie anscheinend tief berührt.

Kapitel 10

Rückweg

Auf der Fähre, diesmal einer richtigen, blieben wir an Deck einfach im VW sitzen und ließen den Cassettenspieler laufen. Wir lachten uns kaputt, als nach ca. zwanzig Minuten „Back home" von Golden Earing losging. Wir begleiteten den Song mit drei Minuten Headbanging.

Passagiere, die an Deck rumliefen und uns sahen, schüttelten nur die Köpfe, bis auf ein Mädel, dass zur Mucke einmal lachend rund ums Auto sprang und uns dann einen Luftkuss zuwarf, den wir mit frenetischem Applaus erwiderten. Uns kam die Rückfahrt mit der Fähre um einiges kürzer vor als die Hinfahrt. Ein merkwürdiges Phänomen, dass erfahrungsgemäß bei allen Rückfahrten auftaucht. Wenn's nach Hause geht, fangen die Uhren an schneller zu laufen.

Auch wunderten wir uns bei der Überfahrt, dass vom gestrigen Orkan praktisch nichts geblieben war außer einer leicht aufgeschäumten See. Es war so, als wäre nie was gewesen. Aber es war dennoch vieles passiert.

Wieder in Gronau umschloss uns nach kurzer Zeit der Alltag vollkommen, jeder musste schlicht und ergreifend in seinem Leben klarkommen. Pille verschwand eines Tages nach Bochum, um dort ernsthaft zu studieren und war damit weg aus unserem Kreis.

Zu mir meinte Ulf: „Ihr beide seid so dermaßen verschieden, dass ihr euch mit Sicherheit noch einige Male in eurem Leben über den Weg lauft!"

Leider behielt er nicht recht. Von ihr geblieben ist die Erinnerung an eine großartige Zeit und die Entdeckung der FinnCrisps, die bei ihr und Ele immer auf dem Küchentisch standen. Ob aus Armut oder Begeisterung hab ich nie feststellen können.

Sie und Ulf hatten dann folgerichtig auch keine Beziehung mehr, hielten aber eine freundschaftliche Verbindung mit Briefen,

Telefonaten und spontanen Besuchen über Jahrzehnte hinweg aufrecht.

Mit Johnny blieb eine lockere Verbundenheit, allerdings mit teils jahrelangen Aussetzern.

Jeder kennt das wohl, wenn man einen Menschen aus der Jugend oder Kindheit nach etlichen Jahren wieder trifft, dass dann sofort die gleiche Wellenlänge der Vergangenheit wieder hergestellt ist - oder man merkt halt nach sehr kurzer Zeit, dass man sich nichts mehr zu sagen hat, außer alte Kamellen aufzuwärmen. Bei Johnny und mir war es jedes Mal wie erst gestern noch gesehen und an das letzte Gespräch angeknüpft. Wirklich erfrischend. Und seelenverbindend.

Johnny und Ulf hingegen blieben in regelmäßigem Kontakt. Das gleiche galt für Ulf und mich.

Uns verband damals der Wille zu Veränderung und der Glaube an was Besseres, einem besseren Leben, einer besseren Welt. Die Realität allerdings schlug uns Atomkatastrophen, militärische Einmärsche in friedli-

che Länder, Radikalenerlass, Industrialisie-
rung der Nahrungsmittel, Gesinnungsschnüf-
felei und jede Menge Tristesse in die Fresse.

Als wir Ameland verließen, fuhren wir in die
Achtziger; Johnny, Ulf, Pille und ich.

Keiner von uns sagte was, als wir vom Anleger Holwerd aus wieder Richtung Leeuwaarden fuhren. Johnny schob die Cassette mit der Aufschrift 70er-III. in den Rekorder und als erstes kam „Whatever for Us" von Joan Armatrading, acht Jahre alt der Song, schon ´72 rausgebracht.

Er klang jetzt aber wie der Abgesang auf das letzte Jahrzehnt - und so war es auch!

Ab da war nichts mehr wie zuvor.

FSC
www.fsc.org
MIX
Papier aus ver-
antwortungsvollen
Quellen
Paper from
responsible sources
FSC® C105338